당신도 쉽게 깨달을 수 있다

You can easily realize

김연수 명상에세이

청어 도서출판

당신도 쉽게 깨달을 수 있다

김연수 에세이

발행처 · 도서출판 **청어**
발행인 · 이영철
영　업 · 이동호
홍　보 · 최윤영
기　획 · 천성래 | 이용희
편　집 · 방세화 | 이서윤
디자인 · 김바라 | 서경아
제작부장 · 공병한
인　쇄 · 두리터

등　록 · 1999년 5월 3일
(제321-3210000251001999000063호)

1판 1쇄 발행 · 2015년 3월 10일
1판 2쇄 발행 · 2015년 7월 1일

주소 · 서울 서초구 효령로55길 45-8
대표전화 · 586-0477
팩시밀리 · 586-0478

홈페이지 · www.chungeobook.com
E-mail · ppi20@hanmail.net
ISBN · 979-11-85482-84-2(03810)

이 도서의 국립중앙도서관 출판시도서목록(CIP)은 서지정보유통지원시스템 홈페이지
(http://seoji.nl.go.kr)와 국가자료공동목록시스템(http://www.nl.go.kr/kolisnet)
에서 이용하실 수 있습니다.(CIP제어번호: CIP2015004628)

당신도 쉽게
깨달을 수 있다
You can easily realize

죽도록 수행해도 못 깨닫는 이유

저 역시 여러분들과 마찬가지로 깨달음을 위해 수십 년을 방황해온 사람입니다.

남들처럼 화두참선이다, 위빠사나다, 혹은 자신을 상상으로 죽이고 버리고 내려놓는 명상이다, 기공수련이다, 다양한 수행법들을 삶의 모든 것을 희생해가며 거의 30년을 공부했지만 스스로가 더 바랄 것이 없을 정도로 확실하게 깨닫지 못했었습니다. 한때는 내가 깨달았다고 착각도 했고 누군가로부터 인가도 받았지만 그러한 체험이나 생각들은 얼마 가지 않아 삶의 현장 속에서 부딪히면서 점차 실망으로 바뀌었습니다.

그러다가 문득 깨달음에 대한 저의 과거식 접근방법을 바꿔보았습니다. 즉, 무엇을 어떻게만 죽도록 파다가 도대체 '누가 지금 이 짓을 하고 있는가?' 하며 주체인 나에 관심을 돌린 것입니다. 그러자 얼마 안 있어 진정한 깨달음이 일어났고 저의 모든 문제가 해결되어 버렸습니다.

그때 저는 알게 되었습니다. 우리가 죽도록 수행해도 깨닫지 못하는 이유는 우리가 하근기여서가 아니라 바로 현재 우리가 하는 공부방법이 잘못되어서 그렇다는 것을. 그동안 제가 그리고 우리 모두가 깨달음에 대해 종래 가지고 있었던 생각들이 얼마나 잘못되었는지를 말입니다.

그래서 저는 이러한 새로운 접근방법을 여러분들에게 알기 쉽도록 소개하고자 합니다. 우리는 정말로 속았습니다. 아니면 우리를 가르쳤던 대다수 사람들이 깨달음의 지름길에 대해서는 눈먼 소경이었거나 말이지요.

우리가 아는 깨달음이란 그 본질상 어려운 것도 아니고 쉬운 것도 아닙니다. 그것은 그냥 과거와는 전혀 다르게 존재하는 본래적이고도 근본적인 존재방식일 뿐입니다. 그 본질이 어려운 것도 아니기에 어렵게 수행해야만 얻을 수 있는 것도 아니며 반대로 쉬운 것도 아니기에 어떻게 간단히 생각하거나 무슨 정보만 얻으면 되는 것도 아닙니다.

깨달음이란 단지 그것 이상도 이하도 아닌, 자기의 본래 존재성에 대해 착각 없이 바로 깨어나 있는 상태 바로 그것일 뿐입니다. 그것은 바로 우리 자신의 진짜 모습을 보는 것이며 저는 이것을 항상 마음으로서 마음이 만든 내용물 속에 빠지지 않는 상태라고 말합니다. 이것을 무슨 일이 일어나도 흔들리지 않는다 하여 '여여(如如)' 라고 합니다. 이것은 허공에 바람이 일어나 불지만 허공은 그 바람에 영향을 받지 아니하는 것과 같고, 하늘에 구름이 일어나고 사라지지만 하늘은 구름의 영향을 받지 않는 것과 같아서 절대로 죽도록 열심히 수행해서 얻는 게 아닙니다.

또한 깨달음이란 머리로 알기만 하면 되는 정보(알음알이)나 일시적 체험도 아닙니다. 그러므로 머리로만 그것을 전하고 생각으로 그것을 이해하려는 시도는 모래로 밥 짓기와 같이 헛된 것입니다. 요새는 인터넷으로 깨달음을 강의하는 곳까지 나타났지만 사실 깨달음이란 개념적으로 이해하거나 가르치는 게 아니라 마치 사랑처럼 온전하게 전해지는 것입니다. 또한 우주라든가 하는 일정한 무변허공성을 체험하고 그것을 행여나 잃을세라 밤낮으로 유지하는 것도 아닙니다.

그것 역시도 마음이 만든 내용물에 불과하니까요.

깨어나면 전혀 새로운 존재방식으로 살게 됩니다. 하지만 아주 근본적이고 본래적인 것이지요. 그것은 자기가 느끼는 자신의 완전한 비워짐이자 새로운 차원의 드러남입니다. 그리고 이는 언어로 온전하게 다 표현할 수가 없는 내면적인 혁명입니다.

깨달음을 얻고 나서 큰 내적변화가 있은 이후 저는 어떻게 하면 더 많은 사람들이 깨달음을 보다 더 쉽게 얻을 수 있을까 하는 방법을 연구했습니다. 왜냐하면 그것은 나와 분리할 수 없는 나의 본래마음인 이 세상을 바꾸는 일이기 때문입니다.

저는 우리가 태어나서 지금까지 계속 되풀이해오고 있는 '일상적 작업'에 주목했습니다.

그 작업이란 바로 끝없이 반복되는 나 만들기 또는 만들어진 나를 재확인 하기 작업을 말합니다. 우리는 태어나서부터 계속해서 매일같이 매 순간 속에서 이 나 만들기 아니면 나를 확인하기 작업을 해오고 있습니다. 우리가 하는 모든 생각, 감정, 감각들이 다 그 작업의 일환입니다. 어린아이들의 성장과정을 보면 저의 말이 정확하게 이해되실 것입니다. 우리는 본래 아무것도 아닌 무아(無我)적인 순수 그 자체인 본래마음으로 태어나서 수십 년 동안 오로지 의식활동 속에서 나 만들기 아니면 만들어진 나를 확인하기 작업만 매일같이 되풀이해온 것입니다.

이것이 바로 우리의 삶의 방식이자 미망에 빠지게 된 근본원인인 무명이자 원죄입니다.

그 짓을 매일같이 일상 속에서 여전히 되풀이하면서 우리는 그것을 비우거나 없애려는 공부나 수행이란 것을 또 따로 하고 있습니다. 이 얼마나 자기모순된 행동인가요? 그리고 매일같이 내가 없다거나 비었다고 나를 비우는 수행을 해놓고 그만큼 다시 또 일상으로 돌아가서는 자기를 만들고 재확인하여 다시 반대로 채우니 이게 얼마나 밑 빠진 독에 물 붓기같이 비효율적인 방법인가요? 이는 마치 발목에 아주 무거운 쇠구슬을 매단 사람과 같습니다. 이러한 자신의 의식구조를 성찰해보십시오. 이것이 바로 우리가 빨리 깨어나지 못하는 가장 큰 이유입니다.

그러므로 빨리 그리고 쉽게 깨달음을 얻으려면 과거에 무의식적으로 계속하던 이 짓을 그만두어야 합니다. 그리고 그 대신에 가능한 만큼 더 많이 매 순간의 일상 속에서 과거와는 전혀 다른 새로운 나를 창조하고 표현하며 느끼려고 무한히 시도하여야 합니다. 나란 내가 마음으로 자꾸 새롭게 만들어가며 변화하는 것이지 원래 변하지 못하는 고정불변의 존재인 것은 아닙니다. 우리의 마음속에서 새로운 나, 내가 알던 내가 아닌 나를 창조하고 표현하면, 마음의 내용물이 아닌 그것을 만들어내는 본래자리인 마음 자체가 강력해집니다. 그로 인해 의식의 표면에 드러나므로 마음 그 자체를 발견할 확률은 높아집니다. 이것이 바로 제가 깨달은 빠르고 쉬운 깨달음의 비결입니다.

그러면 삶이 곧 수행이며 따로 일상과 분리하여 특별하게 수행할 필요도 없어집니다.

이것이 바로 수행하지 않는 수행의 본질이기도 합니다.

이제 저는 이 책을 선택하신 당신에게 묻습니다.

"당신은 누구이며 무엇입니까?"

당신이 인간 아무개 씨라면 당신은 그 아무개 씨의 인생을 살게 될 것입니다. 당신이 스스로를 어떤 존재로 여긴다면 당신은 그 존재의 삶을 살게 될 것입니다. 하지만 당신이 마음 그 자체라면 당신은 마음 그 자체로서의 자유로운 삶을 살게 되실 것입니다. 내가 나라고 여기는 그것으로 되어가는 것이 바로 삶이 보여주는 마음의 비밀이니까요.

저는 바로 이 마음의 원리를 통하여 빠른 시간 안에 일상 속의 당신을 변화시키면서도 동시에 그 과정 속에서 당신의 본래마음을 깨닫게 할 수가 있습니다.

　당신은 당신 마음이 '이것이 나입니다' 라고 인정하고 수용할 때 당신의 마음으로부터 표현되어 나타나오는 결과물에 지나지 않습니다. 여태까지의 당신은 마음이 만든 내용물이었습니다. 당신은 마음 그 자체가 아닌, 마음이 만들고 집착한 마음의 내용물만을 바라다보고 있었던 것입니다. 그러므로 당신이 이러한 마음의 활동 내에 빠지지 않는 새로운 습관들이기를 통해 자기 마음을 객관적으로 자각하기만 하신다면, 당신은 더 이상 마음이 만들어내는 수많은 천만 변화의 내용물 속에 빠져들지 않게 되실 것입니다.

　이제 마음이 만든 과거의 내용물들이 아닌 지금 여기에서의 이 마음 자체를 바라보세요. 그때 비로소 홀연히 혹은 문득 당신은 자기의 태어나기 이전의 참다운 본래 모습을 보시게 됩니다. 이것은 우리 마음학교의 프로그램들을 통해 이미 검증된 방법입니다.

　이제 당신의 깨달음을 위하여 같이 과거의 자신과는 전혀 다른 미지의 나에 대한 새로운 내면의 탐구여행을 한번 떠나보십시다. 우리의 예정된 신비로운 인연에 깊이 감사드립니다.

　　　　　　　　　　　　　　　　　　　피어나는 봄날을 호흡하며

　　　　　　　　　　　　　　　　　　　　김 연 수

차례

제1부

당신은 왜 깨닫고 싶은가?

처음의 씨앗이
열매를
결정한다

콩 심은 데 콩 나고 팥 심은 데 팥 나듯이 처음의 씨앗이 그 마지막 결과물인 열매를 결정합니다.

제가 이 말씀을 드리는 이유는 깨닫고자 하는 그 목적이 얼마나 순수하냐에 따라 그의 깨달음의 성취 여부나 깊이가 달라지기 때문입니다. 저는 30년을 수행하는 동안 깨달음 공부를 하는 사람들 중에서도 별의별 유형의 사람들을 보아왔습니다.

그 첫 번째 유형은 취미형입니다. 이런 분들은 경제적으로 여유가 있고 많이 배우신 분들이 많습니다. 그래서 깨달음이 그다지 절실하진 않고 단지 고상한 취미 정도로 알면 좋지 않나 하는 식입니다. 이런 분들은 구도심의 뿌리가 얕으므로 반드시 공부가 깊어질수록 나중에 에고가 견디기 힘들어하게 되고 마장도 높아져서 결국은 중도에 그만두거나 또는 머리로 알고만 있지 가슴으로 완전히 되지는 못하는 알음알이의 경지에 머무르게 됩니다.

두 번째 유형은 현실도피 한탕형입니다. 이런 분들은 경제적으로 어렵거나, 머리는 좋지만 학력이 부족한 경우가 많습니다. 치유되지 못한 슬픈 과거나 심지어는 범죄 전과가 있는 사람도 있습니다. 이런 분들은 순수한 동기가 아니라 자신이 현실에서 부족한 것을 깨달음 한 방으로 만회하여 한을 풀거나 혹은 사람들 위에 존경받으며 군림하면서 그들을 제 마음대로 부리려고 공부를 합니다. 하지만 그런 잠재의식이 있는 한 에고가 작동하여 사이비로 흐를 가능성이 매우 농후합니다.

세 번째 유형은 욕심형입니다. 이런 분들은 깨달음을 국회의원 같은 신분상승의 증서같이 여기고 욕심을 냅니다. 높은 벼슬을 하려는 사람의 욕심과 다를 바가 없어 그 마음이 자기만을 위하는 야상이 그득하니 제대로 자기를 비우고 하심하는 공부가 될 리가 없습니다. 빨리 깨달아야 하는데 하는 욕심이 마음공부하는 원동력이니 그저 조급하기만 할 뿐 결과가 좋을 리가 없습니다.

네 번째 유형은 자기과시형입니다. 이런 분들은 남에게 자랑하기 위해 마음공부를 합니다. 그러므로 공부를 제대로 하기보다는 얼마나 마음공부에 대해 잘 알고 말하느냐에 치중합니다. 그래서 머리로만 분별하고 따지면서 파고드는 성향이 깊습니다. 그래서 말 잘하고 머리로 아는 것은 많을지 몰라도 정말로 깨달음의 향기가 그윽한 사람으로 피어나기는 어렵습니다.

다섯 번째 유형은 호기심형입니다. 이런 분들은 호기심을 채우려고 깨달음 공부를 합니다. 그래서 끈기가 없고 그냥 호기심이 발동하면 하고 아니면 또 잊고 지냅니다. 그래서 그저 머리로 알기만 할 뿐이지 절대로 자기를 버리거나 바꾸려들지는 않습니다. 근본이 호기심이므로 그 호기심을 충족하는 선까지만 공부하지 그 이상으로는 나아가지 않습니다. 그래서 결국은 과거와 현재의 자기를 버리지 못합니다.

순수한 마음공부는 본질적으로 허무한 이 삶에 대한 근본적인 회의와 깊은 성찰로부터 시작해야 합니다. 허무가 있다면 허무를 넘어서는 영원한 실상의 진리도 있을 것이라는 지혜로운 통찰이 필요합니다. 이것이 순수한 마음으로 열정을 갖고 공부하는 것입니다.

어린아이들은 눈앞에 주는 사탕 하나에 끌려다닙니다. 하지만 조금 더 크면 눈앞에 사탕이 있어도 마다하면서 자기가 하고 싶은 일을 찾아 합니다. 마찬가지로 영적으로 성숙한 이는 눈앞에 돈 버는 일이나 세상의 쾌락이 펼쳐져 있어도 그것이 인생의 필요조건이긴 하지만 충족조건은 아니어서 본질적인 것은 아니란 통찰을 합니다.

이렇게 초발심 때부터 깊게 생각하고 큰 뜻을 세워야만 비로소 더 크고 멀리 나아갈 수 있게 되어서 결과적으로 뿌리 깊고 튼튼한 깨달음의 결실을 맺게 되는 것입니다.

깨달음이
나를
부르게 하라

성경에 보면 사도바울이 다메섹으로 가는 길에서 예수를 만나 회심하는 장면이 나옵니다.

사도바울은 예수가 자기에게 홀연히 나타났다고 말하고 있지만 저는 사도바울이 내면적으로 이미 진리를 강하게 찾고 있었다고 생각합니다. 왜냐하면 초기 기독교인들에게 그처럼 강한 탄압으로 하기 위해서는 바울은 자기 스스로의 내면에서 먼저 마음속에 '나는 진리의 사자(使者)'라는 강한 확신과 정열의 무장이 필요했기 때문입니다. 그런 진리에 대한 강한 확신이 없는 사람에게선 주변 사람들이 압도당할 정도로 확고한 신념에 찬 강한 카리스마와 실천력도 나올 수가 없습니다.

즉, 예수가 사도바울을 선택한 이유는 그가 선하거나 옳아서가 아니라 그의 그릇이 진리를 찾아 탐구하고 자기의 확신을 세상에 전파할 강렬한 에너지로 충만했기 때문이라는 겁니다. 비록 틀린 길을 가고 있지만 진리에 대한 그의 열정이 곧 진리인 예수를 그에게 부르게 한 것이지요. 저는 이러한 열정이 깨달음의 수행에서도 매우 중요하다고 생각합니다.

사실 깨달음을 이루려면 인간적으로 선하거나 합리적이고 옳은 것이 중요한 게 아닙니다. 그것은 다 인간적인 관점으로 우리가 보는 평가이고 분별에 지나지 않습니다. 진짜 중요한 것은 진리가 나를 부르게 할 정도로 나의 온 존재가 몰입하는 뜨겁고 깊은 열정입니다. 그러한 열정이 없다면 처음에는 보이지도 않고 잡히지도 않는 막막한 깨달음의 길을 지속적으로 쉼 없이 쫓아가기가 참 힘듭니다.

저 자신을 돌아다보면 깨달음에 대한 제 생각은 마치 에베레스트 산을 오른 힐러리 경에게 누가 왜 산에 오르는가 하고 질문했더니 그가 "거기에 산이 있기에"라고 대답했다는 것과 동일합니다. 저에게는 사실 왜 깨달아야 한다는 정리된 생각이나 이유가 따로 없었습니다. 그러므로 누가 저에게 같은 질문을 물어왔다면 저는 "그냥 좋아서 할 뿐"이라고 답했을 것입니다. 저는 깨달음을 찾는 별난 이유가 따로 없었고 너무나 당연한 것이며 이 길이 좋았기에 평생에 걸쳐 그냥 할 수가 있었습니다.

삶과 진리에 대한 이유 없는 열정, 저는 이것이 매우 중요하다고 느낍니다.

왜냐하면 그것이 내 삶에 대한 최소한의 예의이기 때문입니다.

뜨거운 열정이 없는 사람에게는 그저 얼마나 옳으냐 그르냐 하는 차가운 시비분별만이 남습니다. 그저 심드렁하게 매일매일을 심판 평가하면서 주변에 자기 잣대만 부지런히 사용할 뿐, 정작 중요한 자기의 인생은 주마간산처럼 흘려보내기만 합니다. 그렇게 사는 사람에게는 절대로 큰 깨달음의 계기는 찾아오지 않습니다.

깨어난다는 것은 내가 아직 알지 못하던 그 어떤 미지의 초월성과 만나는 것입니다. 저는 이것을 '상위자아'라고 표현합니다만 그 미지의 것이 나에게 찾아올 때 나는 비로소 충격을 받고 깨어나 변하고 자라날 수 있습니다.

그러므로 아직 과거의 그 패러다임 속에서 변함없이 진부하게 사는 내가 머리로 호기심을 갖고 깨달음을 찾지 말고, 진실로 가슴속에서 내 삶의 의미와 가치를 한번 깊이 성찰해보며 그러한 삶으로부터 깨어나기 위한 열정부터 찾아 가지시길 바랍니다. 그러한 순수한

열정의 불이 내게 붙는다면 그 에너지는 반드시 올바른 진리의 길을
찾게 하고야 말 것이기 때문입니다.

깨달으면
뭐가
좋은가?

제가 주변 친구들로부터 자주 받는 질문입니다.

그럴 때마다 저는 이런 비유를 들어 답변하곤 합니다.

"초등학생이 대학에 가면 뭐가 좋은데 하고 물을 때 자네라면 어떻게 답할 텐가?"

비교할 수 없이 차원이 다르지만 이 몸의 육식감각에만 푹 빠져서 사는 일반인들이 알아듣기 쉽게 설명하기란 어렵습니다. 하지만 아래에서 그 핵심만 간단히 설명해보기로 합니다.

사실 깨달음에도 높고 낮은 여러 단계가 있습니다. 이론가들은 부인하겠지만 현실적으로 그러합니다. 그러므로 낮은 단계의 깨달음이 얻는 공덕이나 능력부터 소개해봅니다.

첫 번째로, 가장 먼저 여태까지 살아왔던 내가 꿈속의 환상 같은 이야기 속의 존재라는 것을 확실하게 알게 됩니다. 그러므로 삶이 곧 연극이며 우리는 각자 이 삶 속에서 하나의 배역을 맡아 충실하게 그 역을 하면서 살고 있다는 진실에 눈을 뜨게 됩니다. 이 말은 곧 모든 스트레스의 끝이자 온갖 번뇌로부터의 완전한 해방을 뜻합니다. 왜냐하면 이 삶이란 곧 우리들이 만들어낸 환상의 이야기 (story)니까요. 그래서 겉으로 보기엔 이 삶을 계속해서 살아가긴 하지만 당사자의 마음속에서는 그 속에 빠져서 허덕거리며 사는 것은 끝나 있습니다. 마치 방금 동력이 꺼진 선풍기 날개가 관성력에 의해 당분간 그대로 돌아가듯이, 지나온 삶이 그냥 몸을 가진 한 지속될 뿐입니다.

두 번째로, 태어나기 전의 내 본래 모습(이를 기독교식으로 표현하면 영[靈]이라 말할 수도 있다)을 발견하게 됩니다. 이것은 육안으로 보는 게 아니라 심안으로 통찰하고 직관하게 되는 것입니다. 이 말은 스스로 시공을 초월하여 영생하는 초월적 존재임을 깨닫는다는 말이며 스스로 체험하기에 그에게는 이것이 믿음이 아닌 사실이 됩니다. 불교에서는 이것을 '부모미생전의 진면목(부모가 낳아주기 전의 참모습)'이라고 말합니다. 기독교식으로 표현한다면 저는 이것이 진짜 살아있는 신을 만남이며 동시에 영적인 구원이라고 생각합니다.

　세 번째로, 일상 속에서 최고최상의 존재방식을 누리게 됩니다. 이 말은 본인이 과거엔 미처 느끼고 체험하지 못했던 존재에 대한 큰 경이로움과 사랑 속에서 큰 평화와 깊은 환희, 그리고 바다 같은 행복감과 사랑(자비)을 누리게 된다는 것입니다. 이는 비유하자면 북극권에서 추위에 떨며 살던 사람이 하와이로 이민 온 것과 같고 그가 보고 듣고 느끼는 모든 것이 과거와는 비교할 수 없을 정도로 전혀 달라진다는 것을 의미합니다. 이것은 물질적인 형상만 보던 그의 눈이 영적으로 열리고 달라져서 과거 보지 못하던 보다 더 깊은 차원의 영적인 것을 보고, 과거에 미처 듣지 못하던 것을 들으며, 동시에 느끼지 못하던 심오한 것을 느끼게 되기 때문입니다. 이것은 돈으로 누릴 수 있는 물질감각적 쾌락과는 질적으로 다른 고차원적인 것입니다.

　네 번째로, 과거를 꿰뚫어보고 미래를 예견하게 됩니다. 이것은 귀신의 힘을 빌려 행하는 점쟁이의 수동적 능력과는 본질적으로 다른 것인데, 왜냐하면 깨달은 자의 심안은 곧 우주의 모든 마음에너지의 흐름을 읽을 수 있는 자발적인 힘을 갖게 되기 때문입니다. 지혜가 밝아지면 사람 얼굴만 보고도 그가 어떤 삶을 살아왔는지 꿰뚫어보게 되고 미래가 어떻게 될 것인지도 내다보게 됩니다. 삶의 모든 사건들과 흐름들 속에서도 일체를 다 꿰뚫어보는 이와 같은 영적인 힘을 스스로 갖추게 됩니다.

다섯 번째로, 자기가 어디서 왔으며 사후엔 어디로 갈 것인지를 내다보게 됩니다. 이론과 생각으로만 마음공부하는 사람은 본래 무아이며 지금 이대로 여여한데 어디로 오갈 데가 있겠는가 하며 반문하실 것이나 사실은 사후의 세계는 비3차원적이라서 오고 감이 없는 가운데서도 오고 감이 다시 있는 것입니다. 그렇지 않으면 '무아'의 무자(無字)에 걸려있거나 '오고 감이 없다'라는 일념에 걸린 망상이 됩니다.

우리는 본래 법신·보신·화신(성부·성자·성령)의 삼위일체적인 존재라서 오고 감이 없이 오고 갈 수가 있는 것입니다. 이것을 모르면 아직 삼위일체적인 깨달음을 모른다고 말할 수가 있습니다. 한편 기독교에서는 사후에 천국 간다고 말하지마는 남방 동양인이 생각한 천국과 북방 서양인이 생각한 천국이 다 그 모습이 다르니 어느 천국이 옳은 모습이라 하겠습니까? 이렇게 있다 없다 하는 인간의 인식범위나 자신만의 경험법칙을 넘어서 있는 차원을 꿰뚫어볼 줄 알아야 합니다.

여섯 번째로, 삼명육통(三明六通)의 능력이 열리게 됩니다. 이 정도는 되어야 비로소 온전한 부처 또는 완벽한 신과의 합일상태라고 말할 수가 있습니다. 이는 이미 불교 안에서는 잘 알려져 있는 개념이며 또한 모르시는 일반분들이라도 인터넷 등에서 쉽게 찾아보실 수가 있으며 또한 비현실적이라고 믿지 않는 분들도 계실 터이므로 그 구체적인 설명을 생략합니다.

여기에 소개하지는 않지만 깨달음에 따라서는 그 이상의 능력도 생겨날 수 있습니다. 여하튼 스스로 깨달았다는 분이라면 이상의 기준으로 자기 깨달음의 수준을 가늠해 보실 수도 있을 것입니다. 사람의 마음이 곧 우주의 근원과 하나로 통하며 신과 부처의 씨앗이니, 이 씨앗이 그대로 있지 아니하고 어떤 계기로 싹이 트고 자라나게 된다면 그 안에서 반드시 진정한 신과 부처를 만나게 될 것입니다. 이것이 바로 영적으로 거듭남이며 깨달음의 공덕이며 우리가 이 삶을 그저 한 몸뚱이 모시고 꿈속에서처럼 정신없이 살다가 덧없이 사라지지 말아야 할 중요한 이유이기도 할 것입니다.

제2부

여태까지의 수행법은 잘못되었다

언어가
만들어낸
허상세계

불경에 따르면 우리는 지금 실상이 아닌 전도몽상의 허상세계 속에서 살고 있다고 합니다. 그렇다면 멀쩡하게 잘 태어나서 잘 살아온 우리가 홀연히 실상세계(實像世界)에서 벗어나 허상세계(虛像世界)에 빠진 이유는 무엇일까요?

그것은 우리가 언어를 배우면서 개념과 분별의 세계에 빠졌기 때문입니다.

그리고 이제는 언어가 구축한 개념(명사)과 분별(형용사)의 세계 속에 너무나 깊이 갇혀 혼자 힘으로는 벗어나올 수 없게 되었습니다.

바로 이것이 우리가 무명업장에 빠져들게 된 가장 중요한 이유입니다.

예컨대 오늘 아침 당신이 일어나서 한 일들을 한번 돌이켜 기억해 보십시오.

그러면 당신은 반드시 개념(명사)과 분별(형용사) 없이는 그것을 제대로 기억할 수도 구체적으로 표현할 수도 없다는 것을 발견하게 되실 것입니다.

이것은 우리가 지금 자기 언어관념 세계가 만든 허상세계 속에서 살고 있다는 증거입니다.

왜냐하면 오늘 아침에 우리에게 실제로 일어났었던 일들은 그 순간순간들에 있어서는 모두 다 현재진행형의 동사들일 뿐 그 사실들 안에는 아무런 명사로 된 개념이나 형용사로 된 분별들이 개입할 틈조차 없었기 때문입니다. 매 순간 오직 현재진행형의 동사만이 실재하는 세계, 바로 이것이 실상세계의 모습입니다.

하지만 우리는 우리가 마주하는 실상세계 속에서 그것을 있는 그대로 마주하는 것이 아니라 우리가 배워서 익숙해진 관념적인 언어로 된 개념과 분별을 도입하여 재빠르게 하나의 허상이야기(story)로 전환하는 기막힌 재주를 갖고 있습니다.

이것은 우리가 살아오면서 수십 년간 연마한 습성입니다. 이것은 우리가 인간사회 속에서 타인과의 소통을 위해서 필요상 배우고 습득한 생존기술이었지만 이제 와서는 이것이 바로 우리를 언어의 허상세계에 빠뜨려 갇히게 해버린 장본인인 것입니다.

대다수의 사람들이 이렇게 자기가 슬그머니 빠져버린 언어가 만들어낸 허상세계란 함정을 눈치채지조차 못하고 살아갑니다. 그들은 자기가 겪은 실상세계적인 일들을 자꾸 개념화하거나 분별하여 좋다, 나쁘다, 맞다, 틀리다를 만들어내면서도 그것이 바로 자기가 만든 해석의 허상세계인 줄을 꿈에도 모릅니다.

예컨대 오늘 아침에 당신이 눈떠서, 화장실 갔다가, 양치하고, 신문을 보고, 가족과 같이 아침 식사를 한 후 지하철을 타고 직장에 출근하였다고 합시다. 우리는 내가 무엇을 어떻게 했다는 공식하에서 '주어+동사+목적어 또는 목적보어' 등을 사용하여 자기에게 일어난 사실들을 하나의 이야기로 가공하여 훌륭하게 만들어냅니다. 그럼으로써 실상을 떠나 우리들의 마음속에는 가상의 이야기와 그 주인공(나)이 탄생합니다.

하지만 실제로 오늘 아침에 있었던 것들은 그런 것들이 아닙니다. 실제로 존재하였던 것들은 그런 개념들이 아닌, 오로지 나라는 느낌(나)과 의식이 이끄는 언행만이 있었지요. 다시 말해서 이 몸뚱이를 끌고 다니는 미지의 그 어떤 힘이 살아 움직였을 뿐이며 그래서 실제로는 명사나 형용사가 아닌 매 순간 오직 동사들만이 있었단 말입니다.

이 동사란 것이 바로 마음의 표출된 힘이며 마음이 물질세계에 나타나는 온갖 다양한 움직임들을 말하는 것입니다. 그러니까 실상은 오직 마음인 동사들만이 존재한다는 말입니다.

바로 지금 눈앞에 일어나고 있는 일들에 대해 더 이상 개념화하거나 형용사로 분별하지 마시고 그것들의 본질을 직시해 보세요. 그러면 거기엔 더 이상 아무런 개념이나 해석분별이 없이 오직 살아 움직이는 동사형의 느낌들만이 남아있음을 보시게 될 것입니다. 이것이 바로 마음이 일으키고 있는 실제의 현상들입니다. 그대가 이것을 알아차리셨다면 그대는 이제 마음을 깨달을 문턱에 와있는 것입니다.

찾는 방법부터
잘못되었다

본래마음자리를 깨닫고 싶다면 먼저 '마음이란 무엇인가?' 라는 언어논리하에 마음을 깨닫겠다는 공식에서 벗어나야 합니다.

이 말은 결국 'A란 B구나!' 하는 식으로 정답을 찾으려는 행위와 같습니다.

하지만 그런 식으로는 절대 본래마음자리를 찾을 수 없다는 데 문제가 있지요.

그런 허상의 언어세계 속에서 진리를 건져보려는 시도는 결국은 제가 다 아는 경험 속에서 '진리란 이것이구나' 를 찾아 올리려는 시도에 불과함을 알아야 합니다. 하지만 제가 아는 경험세계 속의 어느 하나만이 진리라면 그 나머지는 모두 다 진리가 아니라는 결과가 되어버리고 맙니다.

그런데도 사람들이 이런 시도를 자꾸만 하는 이유는 그렇게 공부하고 살아왔던 것이 습관이 되었기 때문입니다. 그래서 상대세계에 속하는 대상들을 찾던 그 습관 그대로 절대세계에 속하는 진리도 찾으려 드는 우를 범하는 것입니다.

'마음자리란 무엇일까?' 하면 이미 틀려버립니다.

그 말을 따라가 관념이 만든 내용물 속에 빠져버렸기 때문입니다.

오히려 '마음자리란 무엇일까?' 하는 그놈을 돌이켜봐야 합니다.

그러면 이것은 내가 아니고 내가 만든 생각이었음에 깨어날 것입니다.

사실 하나님도 부처님도 진리도 다 이렇게 우리들이 만들어내고 있습니다.

그렇다면 바로 이 '우리' 라는 것을 제대로 한번 분석해볼 필요가 있지 않겠습니까?

마음자리를 찾는다는 것은 비유하자면 마음의 존재성에 대한 감

(느낌)을 찾아내는 것과 같습니다.

이럴 때 이 감(느낌)이란 곧 우리들이 말하는 일반적인 느낌이 아닌 것은 물론입니다.

"감 잡았다!" 하는 말들을 우리들은 종종 합니다.

이 말은 당장 내가 아는 과거의 단어로 구체적인 개념화나 형용사화는 할 수 없지만 무언가 암재계적인 실체를 확인하였다는 말입니다. 그것은 종래의 것으로는 도무지 표현할 수가 없는 것이기에 그 모르는 것을 알게 되는 과정에서 처음엔 이렇게 "감 잡았다"고나 말하게 되는 것이지요.

깨달음이란 이렇게 자기가 아는 생각, 감정, 감각, 느낌 등의 식스존 세계를 벗어나 그 너머의 미지의 것을 지향하는 것입니다.

그렇지 않고 제가 아는 세계 속에서 개념이나 형용사로 접근하고 찾으려 든다면 이는 마치 모래로 밥을 짓는 것과 같을 뿐입니다.

많은 수행자들이 제가 아는 개념이나 느낌으로 무언가를 만들고는 깨달았다고 착각합니다.

하지만 'A는 B이다' 라는 논리 하에 찾고 갖는 한 그 방법부터 이미 잘못된 것입니다.

깨달음이란 'A는 B이다' 가 아닌 'A는 무엇인가 하는 이것을 만들어내는 이놈은 대체 무엇인가?' 에 오히려 더 가깝습니다. 여태까지 그쪽은 한 번도 안 보고 살아왔기에 처음엔 막막하고 도무지 모를 뿐이나 보면 볼수록 점점 더 그것이 구체화되고 명백하게 되어갈 것입니다.

왜냐하면 진리란 보면 볼수록 더 명료하게 잘 보이게 되어있기 때문입니다.

마음자리를 찾는 방법부터 잘못된 수행자나 단체들이 적지 않아 안타까운 마음입니다.

'나'는
어떻게
생겨났는가?

　보시기에 따라선 조금 건방져 보일 수도 있는 말이지마는 깨달은 이후에 제가 보니까 여태까지의 세상의 대다수 수행법들은 그 기본이 잘못되어 있었습니다. 이렇게 부정적이고도 도전적인 말을 제가 왜 하는지 그 이유를 아래 글에서 한번 읽어보시기 바랍니다. 그러면 아마도 고개가 끄덕여지실 것입니다.

　사실 우리가 갓 태어났을 때 우리에겐 나라는 생각이나 관념이 전혀 없었습니다. 우리는 그저 텅 비어있는 채 생명력으로 충만한 미지의 존재이자 경이로운 경계 없는 무한 의식체였을 뿐이지요.

당신도 쉽게 깨달을 수 있다

그런 우리에게 개체적 감각과 사고를 중심으로 한 나라는 생각과 관념의 프로그램이 생겨난 것은 왜일까요?

그것은 우리들 마음이 끊임없이 외부자극에 의해 개체성의 '나'를 만들어 인식하고 '나'라고 생각하면서 작업해온 '나' 만들기 연습의 결과입니다. 어린아이가 자라나는 성장과정을 보면 이것이 명백하게 이해되실 것입니다. 부모는 아기에게 끝없이 소통을 시도하면서 그 이름을 부르며 마음에 어떤 의식작용이 일어나 기억되고 머무르기를, 다시 말해서 하나의 프로그램이 깔리기를 계속해서 시도합니다. 그렇게 해서 우리들의 무한 의식체는 하나의 정형화된 프로그램을 낳고 오히려 그것에 미혹되어 육체를 중심으로 한 개체인격 안에 갇혀들게 된 것이지요.

그 이후에도 우리들은 자라나면서 끝없이 나를 반복하여 스스로의 마음속에 각인하고 되새깁니다. 살면서 느끼는 모든 일들이 사실은 이렇게 만들어진 나를 재확인하는 일입니다. 바로 이렇게 하여 우리들의 나는 창조되었습니다. 그러므로 우리들의 나는 본질적으로 존재하는 게 아니라 단지 반복된 교육과 자극 속에서 만들어진 것입니다. 우리가 지금도 매일같이 느끼는 모든 감각느낌, 그로부터 일어나는 좋고 나쁜 모든 감정, 그로부터 다시 생겨나는 무수한 생각들이 다 같이 지향하는 것은 오로지 단 하나, 바로 이 나를 보다 더 공고히 하고 구체화하는 작업입니다.

　이렇게 '나' 란 에고는 지금도 매일같이 만들어지고 강화되고 있습니다.

　그저 넋 놓고 살아가는 우리의 일상적인 삶에 의해서 말입니다. 그럼에도 불구하고 어느 누구도 이러한 사실에 대해선 주목하지 않은 채 계속해서 무엇을, 어떻게 하느냐에만 집중합니다. 우리가 살아오면서 익힌 세상적인 시험공부나 취미공부가 다 습관적으로 그랬으니까요. 그래서 화두참선이나 위빠사나 같은 종래의 수행법들도 주인공이 과연 무엇이냐의 문제는 놔둔 채 다른 학습방법들과 마찬가지로 우리에게 무엇을 어떻게만 하라고 다그칩니다.

　하지만 잘 생각해보십시다. 우리의 일상이 지금도 이렇게 나를 만드는 일을 무수히 반복하고 있는 환경 속에서, 무수한 느낌·감정·생각이 쌓여 마치 레코드판에 홈을 새기듯이 하여 생겨난 이 관념과 생각 속의 그림자 같은 허상의 '나' 가 무엇을 어떻게 열심히만 한다고 해서 실재인 진리가 찾아질까요? 치매 환자를 한번 보세요. 우리는 치매를 병으로 보지만 사실 그것은 허구의 그림자 같은 나라는 기억프로그램이 지워진 현상에 지나지 않습니다. 그것은 병이 아니라 단지 원래의 처음 태어난 아기 같은 상태대로 되돌아간 것뿐이지요.

그러므로 생각 속의 허구적 존재에 불과한 나를 가지고 수행해서 실재인 진리를 찾겠다는 종래의 수행법들은 마치 그림자가 빛을 찾겠다는 논리와 같으며, 본래 진짜가 아닌 것이 수행하여 진짜를 얻겠다는 자기모순에 지나지 않습니다. 바로 여기에 우리가 그렇게 죽도록 수행해도 좀처럼 깨닫지 못하는 진짜 이유가 숨어있었던 것입니다.

　그렇다면 대체 어떻게 해야만 할까요? 그 답은 간명합니다.

　우리들이 철석같이 '나'라고 여기고 있는 이 '나'란 것의 허구성, 그리고 그것이 이 몸뚱어리를 기본단위로 하여 살아가기 위한 인류 문명이 물질본위적인 삶을 위하여 창조해낸 하나의 인위적인 수단이자 도구에 지나지 않는다는 것을 직관하여야 합니다. 즉, 그 무엇보다도 먼저 무엇을 해 보겠다는 이 나란 것을 철저하게 분석하고 해부해 보아야 합니다.

　나를 깊이 파고들어 가 볼수록 놀랍게도 거기엔 고정불변의 나란 것이 전혀 남지 않게 됩니다. 모든 것은 그저 다 만들어지고 지워지지 않고 잊히지 않도록 반복하여 유지되고 있는 느낌, 감정, 생각의 덩어리들이란 것을 발견하게 됩니다. 여러분들이 자기 스스로를 한번 분석해 보신다면 정말로 입을 떡 벌리게 될 것입니다. 나란 생각에 지나지 않는 관념적 존재이며, 우리가 나란 생각을 하지 않을 때에도 우리는 있는 그대로 잘 존재하고 있는 생각과는 전혀 다른 그 무엇이니까요.

그래서 불교에서는 본래 무아(無我)라고 말하는 것입니다.

나를 정말로 깊이 해부하고 분석해보면 진정 나라고 할 만한 것이 없습니다. 그 대신 그 자리엔 수많은 느낌, 감정, 생각들(이하 '느감생'이라고 합니다)만이 파도처럼 일어났다가 사라지고 있을 뿐이지요. 하지만 이 '느감생'들도 단지 그것에게 우리가 붙인 이름이 그러하단 것이지 그들의 실제는 다 같이 의식이 일으키는 파동현상에 지나지 않습니다. 그렇습니다. 우리의 본질은 그냥 의식이며 의식이 일정한 패턴을 가지고 움직이는 파동현상(이것을 마음이라고 한다)인 것입니다.

그렇다면 본래가 이렇게 무아인데 대체 누가 무슨 수행을 해서 무엇을 얻으려고 저다지도 힘들게 수행을 한다고 야단법석일까요? 주체가 이미 존재하지 않는데 그 주체가 마치 있는 듯 계속해서 착각하면서 무슨 수행을 어떻게 열심히 하여 최종적으로 무엇을 누가 얻게 한다는 것인가요? 알고 보면 다 쓸데없는 짓이 아닐 수 없습니다. 제가 세상의 대다수 모든 수행이 그 첫 시작부터 잘못되었다고 말하는 것은 바로 이런 까닭입니다.

나란 것은 본래부터 실재하지 않으며 다만 교육에 의해 후천적으로 만들어져 기억된 하나의 언어적 개념정보에 지나지 않습니다.

하지만 그렇다고 또 '없다'란 관념 속에 빠져 허무하게 여기지도 마세요. 우리의 나란, 언어적 개념 너머에 있는 미지의 그것은 있다, 없다로 설명할 수 있는 것이 전혀 아니니까요. 이것을 '참나'라고 말하는데 나의 배후에 있는 진짜 참다운 나란 나의 이 모든 의식활동을 있게 하는 섭리적 존재인, 특징지어지지 않고 무한하게 열려있는 무한가능성의 그 어떤 미지적 에너지의 실재(불교에선 이를 '마음'이라 말합니다)입니다. 사실은 그것이 바로 우리가 지금 빠져있는 이 언어적 개념의 세계조차도 만들어낸 장본인입니다. 비유하자면 그것이 가진 힘이 마치 빛이 그림자를 만들어내듯이 허구의 그림자 같은 '느감생'이란 환상 속의 개념적인 나를 만들어낸 것이지요.

무아(無我)를
바로 알자

무아는 불교가 말하는 깨달음에 있어서 핵심적인 사상입니다.

하지만 이 무아를 생각으로만 접근해서 '나란 본래 없다'라고만 생각한다면 진짜 무아는 영원히 모르게 됩니다. 참나든 가짜 나든 다 없는 것이라면 대체 우리가 수행하거나 진리를 찾아야 할 이유가 어디에 있겠습니까? 그저 한세상 즐겁게 살다가 죽으면 다 끝인데 말입니다. 혹자는 윤회를 피하기 위해서라고 설명합니다마는, 그런 단멸(斷滅)을 열반이라고 아무리 칭송한다 해도 그를 싫어하면서 그보다는 오히려 선업을 잘 쌓아 좋은 길로 윤회하는 것이 더 행복하고 즐겁다고 다른 가치관을 갖는다면 그를 어떻게 무작정 잘못된 견해라고만 비판할 수가 있겠습니까?

저는 무아에 대한 올바른 깨달음이 없이는 불교는 허무주의와 염세주의를 벗어날 수가 없다고 생각합니다. 불교에서 말하는 무아의 진정한 참뜻이란 개체마음은 본래마음 앞에서 본래 없는 허깨비 같은 일시적 존재로서 세상의 모든 일체가 서로 상응하여 연기(緣起)하는 가운데 각 개체로서 나타난다는 큰 대원칙을 말하고자 함인데, 머리로만 이해하려는 사람들이 자꾸 자기 개체의 관점에서만 '있다, 없다'의 분별을 하기 때문에 지금까지도 오해가 일어나고 있는 것입니다.

모든 것이 다만 연기하여 존재한다는 연기법 사상은 그 연기하는 법(현상에너지)은 실재한다는 말이니 비유하건대 마치 바다에 끊임없이 파도가 일어나려면 살아있는 바다 자체는 존재해야 하듯이 모든 연기가 일어나려면 그 연기를 일으키는 배후의 존재(법신불)가 있어야 한다는 말이 됩니다. 그러므로 무아라 해서 내가 없다는 말을 무조건 다 없다고 해석하지 말고, 내가 알던 과거 에고의 나란 환상의 존재이나 그 환상 현상을 일으키는 마음 그 자체는 실상적인 존재임을 알아야 합니다.

그러므로 마음을 깨닫는 자는 곧 참나를 발견하는 것이며 부처를 이루는 것입니다. 무아라 하여 자기 생각과 논리로 진리를 재단하려들지 말고 눈앞의 세상에 일어나는 이 경이로운 현상 속에 숨겨져 있는 진리를 직관하여야 합니다.

제 견해로는 불교경전에서 말하는 무나 공이란 단어들은 일반인들이 쉽게 생각하는 그런 상식적인 무나 공의 뜻이 아니며, 무아(無我)란 말뜻 속에서도 무(無)는 일반인들이 생각하는 그런 무자(無字)가 아닙니다. 이것을 그렇게 자기가 아는 그대로만 관념적으로 해석하니까 생각에 떨어져 실재를 알지 못하게 되는 것이지요. 제가 보기엔 이는 적지 않은 불교학자나 승려분들까지도 빠져있는 인간이 공통적으로 가진 관념의 함정입니다.

무아에서 말하는 무는 '없다' 가 아니라 우리의 인식으로는 '있다고 할 수 없는 게 있다(有非有)' 는 뜻입니다. 다시 말해서 우리 과거 경험으로는 '있다고 말할 수가 없는 게 묘하게 있다' 는 것이니, 쉽게 말해서 '있다고 말하긴 어려운 미지의 잘 모르는 것이 있다' 란 뜻이라고 풀어서 말할 수가 있습니다.

이해를 돕기 위하여 수행에서의 구체적 사례를 들어보겠습니다.

깨달은 자나 깊은 무념무상의 명상을 수행한 자는 누구나 다 무아를 체험하게 됩니다. 그런데 재미있는 사실은 우리가 아는 무아의 말뜻대로라면 거기에 무아상태란 것이 있다는 것조차 없어야 진짜 무아가 됩니다. 하지만 그들은 자기가 무아가 되었다는 것을 안다든가 혹은 무아인 것을 느낀다고 말하거든요? 그렇다면 내가 본래 없는 무아인데 대체 누가 또 배후에 남아서 그것을 느끼고 안다는 말입니까? 무아를 알고 인식하는 그자는 대체 누구입니까? 유다 무다 하는 배후의 그 존재는 누구입니까? 그것이 바로 유무를 다 만들어 내는 마음입니다.

부처님께 그 당시 외도들이 와서 깨달은 자의 사후에 열반이라든가 깨달음이라는 그 무엇이 남아있는지 아니면 그조차도 소멸하여 없게 되는지를 물었습니다. 부처님의 대답은 그 양변에 치우치지 않았습니다. 단멸(斷滅)론도 아니며 항상(恒常)론도 아니라고 말씀하셨던 것이지요. 즉, 부처님의 무아에 대한 견해는 일반인들이 상상하는 그런 무조건 없다는 관념적인 무아가 아닌 것입니다.

그렇다면 부처님께선 왜 그렇게 애매하게 답하셨을까요? 이것은 우리가 본래 법신, 보신, 화신의 삼위일체적 존재라는 깨달음을 얻어야만 비로소 완전하게 알게 되는 것인데 이에 대해선 나중에 따로 설명하도록 하겠습니다.

무아란 다시 말해서 과거의 우리가 나라고 여기던 '나' 란 것은 본래 항상하지 않는 '느감생' 의 마음이 지어낸 허깨비 같은 존재이지만(없지만), 그런 '나'를 무수하게 만들어내는 그 이전의 묘한 실재(부처)가 우리의 인식활동으로는 있다고 할 수가 없어서 없다고나 해야 하는 형태로 오묘하게 있다는 뜻입니다. 이해하기 쉽게 다시 말하자면 파도는 일시적으로 생멸하지마는 파도를 만들어내는 근본인 바다는 항존한다는 말입니다.

우리가 '있다, 없다'란 것을 제대로 다루기 위해서는 먼저 있다, 없다란 판단은 결국 본질적으로 우리의 인식가능 여부의 범위 내에 속하는 문제란 것을 알아야 합니다. 아무리 우리가 인식할 수 없기에 '없다' 하여도 우리의 인식영역을 넘어서서 절대적으로 있는 것이 있을 수 있습니다. 과거 우리가 알던 나는 깨달아보니 허깨비 같은 존재로서 그림자같이 마음의 기능에 불과한 육식(六識)으로 된 그 물망처럼 엮어져서 존재하기에 '본래무아'라고 말하게 되지마는, 그 무아를 이루어도 자기가 무아가 되었음을 아는 자가 배후에 다시 또 있다는 사실은 무엇을 의미할까요?

'본래무일물'을 체험하여 '본래무일물'이라고 말하는 체험자는 누구일까요?

본래무일물이란 말의 참뜻은 본래 무일물하다는 게 아니라 '본래 무일물임을 내가 지금 체험하고 있으니 이것이 바로 본래마음이다' 란 뜻입니다. 결국 이 모든 것이 다 상대적 인식의 문제일 뿐입니다.

없다는 자의 배후에 다시 있는 궁극적 존재에 눈떠서 있다, 없다란 결국 내 마음이 지어내는 분별에 지나지 않음을 알아야 합니다. 그렇다면 내 마음이 지금 이리 보면 있고 저리 보면 없어지는 나란 것이 본래는 있는 것도 아니요, 없는 것도 아닌 채 그저 인식놀음에 의해 만들어지는 것이니 마음이 지어내는 내용물인 '있다, 없다'가 과연 그렇게 절대적인 문제이겠습니까?

이것이 바로 저 끈질긴 무아논쟁의 본질인 것입니다.

빨리 쉽게
깨닫는 방법

먼저 이해를 돕기 위해 비유를 하나 들겠습니다.

요즘 그 효율성으로 크게 화제가 된 모 영어학원에서 가르치는 방법은 다른 곳과는 매우 특별하게 다른데, 그 학원이 하는 이야기는 기존의 영어교수법이 모두 다 잘못되었다는 것이며 그 이유는 이렇습니다.

우리는 모국어를 배울 때 먼저 단어를 외우고 문법을 배워서 깨쳤는가? 아니다.

현재 우리나라 대다수 학교나 학원들의 영어공부 방법이 잘못

당신도 쉽게 깨달을 수 있다

된 이유는 바로 여기에 있다.

우리가 영어를 모국어처럼 잘하려면 모국어와 그 공부하는 방법이 같아야 한다.

즉, 처음엔 듣기부터 시작하여 말도 옹알이처럼 따라해야 하는 것이다.

영어공부는 우리가 모국어를 배웠듯이 자연스럽게 청각을 개발하여 익숙해지게 해야 한다.

하지만 우리는 여태까지 거꾸로만 공부하고 있었다.

세계에서 머리 좋기로 소문난 우리 민족이 영어실력은 그렇게 죽도록 해도 일본 다음으로 꼴찌인 이유는 바로 여기에 있다.

즉, 공부하는 방법이 잘못되었던 것이다.

저는 이 얘기에 깊이 공감하며 이 관점이 그대로 깨달음을 위한 공부에도 적용된다고 생각합니다.

사실 우리는 무작정 무엇을 어떻게 하라는 말을 듣고는 마음공부 (수행)를 시작합니다. 하지만 바로 그러하기 때문에 그렇게 많은 사람들이 열심히 해도 깨달을 수가 없었던 것입니다. 마치 영어공부를 그렇게 많은 이들이 해도 공부방법이 잘못되었기에 정작 마스터하는 이는 극히 적듯이 말이지요.

그렇다면 영어공부의 올바른 공부법인 첫 번째 단계인 듣기에 해당하는 것이 수행에선 과연 무엇일까요?

그것은 바로 우리가 어려서부터 주로 했던 존재방식인 (나) 느끼기와 (나) 만들기에 주목하는 것입니다. 우리가 아주 어렸을 때부터 우리는 어떤 느낌들을 받아서는 그것으로 그에 반응하고 기억하는 나를 만드는 데 주력해 왔습니다. 우리는 그렇게 만들어진 수많은 작은 나들의 기억이나 요소들을 합해서 가진 총합적인 나라는 느낌+감정+생각의 조합체입니다. 물론 그 과정에서 부모님의 많은 개입도 있었지요. 부모님들은 당신이란 의식이 담겨져 있는 육체 몸에 나란 프로그램을 깔아주기 위해 부단히 노력했습니다. 그 결과체가 바로 오늘날 당신이란 존재이며 인격입니다.

그래서 영어를 진짜 짧은 1년이란 시간 안에 원어민처럼 마스터하는 것과 마찬가지로 마음공부도 그렇게 짧은 시간 내에 진정한 성취를 하려면 기존의 모든 잘 안 되는 수행방법들인 화두참선법, 위빠사나, 스칸다명상(죽이고 버려서 우주 느낌 체험)하기, 내려놓기, 호흡하기 등등을 일단 다 잊어버리셔야 합니다. 그것들은 이미 오로지 마음뿐인 그대를 수행하는 자와 수행법과 수행행위의 세 가지로 개념화하여 분별하게 하면서 시작하기에 그다지 효율적인 방법이 아닙니다.

기존의 수행법들은 모두 다 과거의 나를 그대로 가지고 그 내가 어떤 수행을 하느냐에 초점을 맞추고 있습니다. 하지만 그 나란 것이 실재하는 것이 아니고 환상 속에서 꿈처럼 존재하는 것이란 말씀입니다. 그러므로 수행할 주체가 사실은 없는데 내가 수행한다 하며 수행이랍시고 쓸데없이 심신만 괴롭히고 있는 것입니다.

진짜 공부는 바로 이 나라는 것의 실체를 찔러 들어가는 데 있는 것입니다. 하지만 종래의 수행법들은 다 자기가 알던 그 나를 그대로 가지고 그 내가 무언가를 다시 더 얻기 위해 무엇을 어떻게 수행해야 한다고 난리를 치고 있습니다.

하지만 그래서는 수행법을 통해 수행체험은 많이 해도 절대로 수행하는 주체를 똑바로 알거나 그 본질을 깨달을 수는 없습니다. 그건 정말 요행수를 바라는 짓입니다. 진정한 깨달음은 오랜 시간의 수행이 필요한 게 아니라 나 자신에 대한 깨어남이 필요한 것입니다.

이것은 오직 하나, 우리가 실제로 형성되어온 과거의 방식 그대로 과정으로 돌아가셔야 합니다. 마치 위의 영어공부에서 최초의 듣기로 돌아가 집중하듯이 말입니다.

그러면 우리는 과연 무엇이 이 나를 만드는 주인공인지를 통찰할

수가 있습니다. 우리의 나란 현상을 구성하는 모든 요소들 즉, 생각
뿐만이 아니라 모든 다른 생각, 감정, 감각이나 느낌까지도 만드는
그 기본적인 질료가 무엇인지를 자각할 수가 있습니다. 모든 우주
삼라만상을 만들고 인식하게 하며 나타내는 가장 근원적인 우리의
진정한 본래모습인 마음의 참모습을 발견하실 수가 있습니다.

제가 장담하건대 이것을 두세 달만 제대로 확실하게 집중하신다
면 누구나 다 금방 깨달을 수가 있습니다.

저희 피올라 학교에서 이것이 이미 실제로 많은 분들에게 조용히
이루어지고 있으니까요.

우리의 모든 일상적 의식활동은 이 느낌과 그로부터 생겨나는 감
정에서 생각으로 전개·형성되는 마음의 프로세스에 있습니다. 그놈
을 정견하면서 그 정체를 더 깊이 분석해봐야지, 이미 본래마음이
전전(轉轉)하여 만들어진 허상의 나를 주인공으로 삼아 가지고 뭘 따
로 더 수행한다 하니 그렇게도 힘이 드는 것입니다.

우리가 아는 자아는 그것이 만들어낸 해석과 분별작업 속의 꿈같
은 결과물입니다.

그런데 우리는 이 마음의 결과물(해석분별된 내용물)을 자신이라고
철석같이 여기고 있었습니다. 바로 여기에 모든 문제의 본질이 있는
것입니다.

그래서 진짜 공부는 따로 집을 떠나 심심산골에 가서 수행할 것 없이 그냥 일상적 삶 속에서 다만 느낌과 감정에서 생각으로 이어지는 마음의 흐름을 잘 관찰하며 그것이 만드는 '느감생'을 통해서 가짜인 허구의 나를 발견하면 되는 것입니다.

사실 무엇이 가짜인지가 밝혀지면 저절로 진짜 나를 발견하게 됩니다.

가짜 나는 곧 마음이 만든 수많은 내용물들이며 진짜 나는 그것을 만드는 실재인 마음 자체입니다.

그러므로 우주라든지 무아라든지 하는 것들은 다 마음이 만든 체험내용물이지 마음 그 자체가 아닙니다. 이것을 착각하면 공무변처정이나 식무변처정을 또는 나 없다는 생각을 끝이라고 착각한 채 주인공을 잃어버리고 앙꼬 없는 찐빵처럼 남에게 휘둘리며 살거나 공에 빠져 수동적인 삶을 살게 됩니다.

진짜 깨달음에는 수행과 체험이 필요한 게 아니라 내 본래면목이 무엇인가에 대한 자각과 통찰이 필요합니다. 진짜 깨달음은 무작정 기존의 방법들을 따라 열심히 수행하는 것이 중요한 게 아니라 대체 누가 지금 이런 생각을 하고 깨달음을 추구하려고 하는지 그 주체부터 올바로 통찰하는 데서 시작합니다.

그것을 제대로 보시기만 한다면 즉시 '유비유(有非有)'의 무아가

되고(이것은 생각 속의 유의 상대성인 무아가 절대 아닙니다) 즉시 본래마음

을 만나게 되실 것입니다.

제3부

바른 깨달음이란 무엇인가?

당신은
무엇을 깨달음이라
여기는가?

세상에 깨달음이나 마음공부를 가르친다는 데는 많습니다.

그런데 제가 처음 마음공부를 하면서 의아하게 여겼던 것은 그 많은 단체들이 가르치는 깨달음이란 것이 구체적으로 따져보면 의외로 서로 다른 것이었습니다. 그 대표적인 것들을 예로 든다면 오매일여, 생사일여, 견성, 공, 무아, 우주, 진아(참나), 하나님 마음, 본성(본래마음), 돈망, 있는 그대로, 양신출태(養神出胎) 등등 다양합니다.

처음에 이런 다양한 개념들을 접하고 나서 저는 한동안 조금 어리둥절했지요. 진리는 하나일 텐데 왜 이렇게도 종류가 많고 그 설명하는 바가 제각각으로 서로 다를까? 이 문제는 진정한 구원이 무엇

당신도 쉽게 깨달을 수 있다

이냐에 대해 다양한 해석이 나옴에 따라 수많은 종파가 생겨나게 된 기독교에서도 마찬가지입니다.

상당히 오랜 기간이 흐른 후 나중에야 저는 그 이유를 알게 되었습니다.

그 이유는 이런 경지나 체험들을 얻은 사람들이 다 코끼리의 일부를 만진 것이지 보다 더 본질적인 것 즉, 코끼리 전체를 본 것이 아니었다는 것입니다. 사람은 사실 누구나 자기가 주관적으로 체험하고 깨달은 것이 가장 바르고 높은 것이라고 주장합니다. 하지만 과연 그런 분들의 말대로일까요? 오히려 다른 것들은 다 엉터리고 내 것만이 최고라고 하면 할수록 그런 단체는 아이러니하게도 정도에서 벗어나는 게 객관적 현실입니다.

대체 이런 현상들이 무엇을 보여주는 것일까요?

그것은 모든 종교에서 특별한 논리나 체험 또는 오랜 힘든 수행을 요구하는 단체일수록 그들이 진리라고 주장하는 것들의 본질은 사실 마음 자체가 아닌 마음이 만들어낸 내용물이나 오랜 노력 끝에 나타나는 마음의 현상(피조물)에 집중하고 있다는 사실입니다. 즉, 그들은 누구나 다 가진 본질보편적인 것이 아닌 서커스같이 어려운 곡예나 기예에 가까운 수고로움을 필요로 하는 결과물들을 높이 치켜

세운다는 것입니다. 그건 아무나 쉽게 할 수가 없기에 결국 희소성을 가진 자신들이 높아지고 대접받게 되니까요. 하지만 그것은 본질적이고 보편적인 진리는 아니지요.

그래서 오랜 세월 동안 여러 종교와 영성단체를 체험하고 난 이후 진리란 무엇인가?란 질문에 대해 저는 가장 궁극적이고도 객관적인 답을 알게 되었습니다. 그 답이란 바로 진리란 이런 것이나 저런 것이 아닌 결국 '내가 진리라고 여기는 게 나의 진리'라는 것입니다. 사실 그렇지 않습니까? 세상에서도 기독교인들은 예수님이 진리라고 여기고 불교도들은 부처님이 진리라고 여깁니다. 서로 다 자기 것만을 진리라고 우깁니다.

깨달음도 마찬가지입니다. 결국 '내가 깨달음이라 여기는 게 나의 깨달음'인 셈이지요. 그래서 각 종교나 수행단체들은 제각각 자기의 논리와 경험 등을 주장하고 앞세웁니다. 그러나 그들은 다 자기의 주관적 견해나 체험에 빠져서 놓치게 되는 더 본질적인 것이 있다는 사실을 모릅니다. 그것은 이 모든 정신적 작업을 배후에서 행하는 유일무이하고도 보편본질적인 존재가 있다는 사실입니다. 그것이 무엇일까요?

그것이 바로 마음입니다. 성경에도 깨달음이라는 말은 나옵니다. 하지만 기독교에서 사용하는 깨달음이란 말은 불교의 깨달음과는 조금 다릅니다. 기독교에서 사용하는 깨달음이란 말은 어디까지나 깨달음이란 현상이 일어나는 마음의 내용물에 있습니다. 하나님 말씀의 깊은 뜻을 깨달았다든가 그 사건을 통해 신의 섭리를 깨달았다든가 하는 것들이지요. 하지만 불교의 깨달음은 그런 의식작용을 하는 마음 그 자신을 깨닫는 것입니다. 이런 면에서 기독교에서는 마음으로 어떤 사건의 의미나 대상을 깨닫는 것인 반면 불교에서는 모든 생각이나 대상을 만드는 주체인 마음 자체를 깨닫는 것이란 차이가 있는 것입니다.

지구상의 사람들을 보더라도 서양 사람은 서양 사람다운 마음을, 동양 사람은 동양 사람다운 마음을 갖고 삽니다. 그들은 서로 자기 문화나 문명이 더 낫다고 여기지마는 사실은 본질적으로는 태어날 때 가지고 나왔던 동일한 기능을 가진 마음이 삶이란 다른 환경 속에서 다르게 그 내용물을 창조하고 나타냈을 뿐입니다.

즉, 우리들의 마음이 궁극적 원인자로서 지금 나를 포함하여 모든 것을 다 인식하며 만들어내면서 이렇게 다채로운 '창조체험놀이'를 하고 있다는 것입니다. 저는 이 진실을 보기 시작한 이후에 그 어떤 수행단체나 종교의 논리나 체험경지를 만나더라도 '그것은 당신 마음이 만든 겁니다' 하는 객관적인 자세를 항상 잃지 않게 되었습니다. 그럼으로써 저는 항상 모든 것의 배후에서 존재하며 모든 것을 다 만들어내는 궁극적인 존재 즉, 마음을 비로소 볼 수 있게 되었습니다. 다시 말해서 마음의 내용물(피조물)이 아닌 마음 그 자체를 보게 되었다는 것이지요.

그래서 저는 바른 깨달음이란 마음이 만들고 인식하는 오매일여, 생사일여, 견성, 공, 무아, 우주, 진아(참나), 하나님 마음, 본성(본래마음), 돈망, 있는 그대로, 양신출태(養神出胎) 등등의 모든 내용물들이 아니라 그것들을 만들어 내는 창조자인 본래마음 그 자체를 자각하고 그 마음자리에 합일하는 것이 곧 진정한 깨달음이라는 결론에 이르렀습니다.

'마음'이란
무엇인가?

그렇다면 '마음을 깨달았다'라고 말할 때의 마음이란 게 대체 무엇일까요?

그리고 깨달았다는 말은 대체 무엇을 보거나 느끼거나 체험했다는 말일까요?

사랑이란 말도 그러하지만 마음이란 단어도 그 안에 얼마나 깊고 많은 뜻이 포함되어 있는지 참으로 파고들면 들수록 경이롭고 심오한 감이 듭니다. 우리들은 우리 자신이 몸과 마음의 두 요소가 합해서 이루어져 있다고 생각합니다. 그리고 눈에 보이고 느껴지는 이 몸에 대비하여 눈에 보이지 않는 생각, 감정, 느낌, 감각, 관계 등을 감지하고 표현하는 모든 정신적인 활동을 포괄적으로 '마음'이라고 말합니다. 그래서 우리는 눈에 보이지도 않고 만질 수도 없어서 3차원적인 존재라고는 할 수는 없으나 모든 정신작용을 하는 비물질적인 존재를 '마음'이라고 여기고 있지요.

이것은 우리들이 공통적으로 인정하며 가진 상식입니다.

하지만 조금만 더 깊이 분석해보면 사실은 이것 자체가 우리가 일으킨 착각분별에 지나지 않습니다.

왜냐하면 우리에게 마음활동이 없을 때는 스스로의 몸도 인식되지 않아서 없는 거나 마찬가지거든요. 즉, 다시 말해서 마음의 활동(우리는 이것을 '의식'이라 합니다) 안에 비로소 몸이 나타난다는 말입니다. 혹자는 우리가 태어났을 땐 마음보다는 몸이 먼저가 아니냐고 생각하실지 모르나 그것은 지금 그분이 생각하시는 생각 속의 논리일 뿐, 실제로는 우리가 자기 몸을 실제로 인식하여 자신에게 몸이 지금 '있다'라고 인식함으로써 몸이 자기의 마음 안에서 나타날 때까진 우린 자기가 몸을 가졌는지 아닌지조차 모르는 미지의 '없음'이었을 뿐이라는 것이 객관적 진실입니다. 즉, 인식영역 내에서는 없음으로써 있었다는 말이 되지요.

멀리 갈 것도 없이 어젯밤과 오늘 아침 사이의 그대 자신의 변화만을 놓고 보십시오.

당신도 쉽게 깨달을 수 있다

어젯밤 꿈도 없는 깊은 잠 속에서 그대의 몸과 마음은 어디에 있었습니까? '자고 있었다' 라는 것은 우리의 생각일 뿐이지 실제로 우리가 깊은 잠 속에 있을 때 우리에게 '나의 몸은 잠자고 있다' 라던 것이 존재하고 있었던가요?

생각이 상식적으로 끌어다 대는 논리에 빠지지 마시고 진짜 그때 상황을 객관적으로 지금 인식해 보십시오. 그러면 우리는 마음의 활동이 없이는 단 한순간도 존재할 수가 없는 느낌+감정+생각(느감생)이란 정신활동의 조합물에 지나지 않음을 알 수 있습니다. 몸도 마찬가지지요. 몸은 마음과 별도로 분리하여 따로 스스로를 의식하며 홀로 존재할 수가 없습니다. 그래서 진정한 우리는 몸이 아닙니다.

그러므로 몸도 역시 마음 안에 있는 것이며 결과적으로는 물질이란 것도 마음 현상의 일종인 것입니다.

이것은 이미 현대 양자물리학에서는 입증된 것입니다. '모든 물질의 본질은 파고들어 가보면 마지막은 양자들의 결합이며 양자란 물질이라기보다는 파동과 같은 존재' 라는 것은 이제 일반인의 상식이 된 지 오래입니다. 파동과 같은 존재라는 말은 곧 마음과 같은 존재이며 우리들이 아는 마음과 분리하여 홀로 존재할 수 있는 존재가 아니라는 의미입니다.

이제 여러분은 '마음'이 '몸'까지도 인식하며 나타낼 수 있는 보다 더 배후적인 존재라는 것을 이해했습니다. 그렇다면 한 걸음 더 나아가서 간밤에 깊은 숙면 속에서 마음의 활동현상조차도 없었을 때 그대는 대체 무엇이었으며 어디에 있었습니까? 즉, 인식활동상으로는 완벽한 없음으로써 있었다는 결론이 되지 않습니까?

이것은 불교의 선문답에도 나오는 어려운 질문이기도 합니다.

하지만 알고 보면 하나도 어렵지 않습니다. 인식활동상 없음으로써 있었다는 그것이 바로 본래마음이며 본래마음의 모습(相)입니다. 반면에 아침이 되어 마음이 다시 활동을 하는 것은 개체마음이며 개체마음의 활동하는 모습입니다. 비유하자면 이는 마치 3차원은 2차원을 넘어서 있는 것과 같습니다. 3차원은 2차원을 초월해 있지마는 2차원이 존재할 수 있는 배경과 근본적 섭리가 되어줍니다. 3차원이 2차원에게는 아무런 상관이 없는 듯 보일지라도 사실은 2차원은 3차원 없이는 스스로 존재할 수조차 없습니다.

이처럼 본다면 마음은 밤에 숙면 중에는 없음으로써 있는 존재인 동시에 또한 낮에 활동할 때에는 있음으로써 자기를 나타내고 있는 존재이기도 합니다. 또한 마음은 우리의 의식을 일으켜 인식 가능한 범위 내에 있는 것을 있다라고 인식하게 만들고 그 범위를 벗어나 있는 것은 없다라고 착각하게 만듭니다.

우리는 이렇게 자기가 가진 마음의 성질과 프로그램 활동에 따라 그 인식범위조차 변하는 존재입니다. 그래서 우리의 진짜 정체는 마음이 만들어낸 의식활동(파동)이며 이는 곧 3차원 현상을 초월해 있으면서 다시 이 3차원 안에서 의식현상으로서 활동하는 신묘한 마음 그 자체인 것입니다.

삼위일체의
깨달음

티베트의 유명한 승려이며 선각자인 파드마삼바바와 밀라래빠는
온전한 깨달음이란 법신, 보신, 화신의 삼위일체를 두루 다 깨달아
야 하는 것이라고 『사자(死者)의 서』나 『십만송(十萬頌)』에서 말했습니
다. 저 역시 이 견해에 깊이 공감합니다.

하지만 현재 한국의 화두참선을 위주로 한 불교는 그저 보신(報身:
개체마음)만을 깨달으면 다 된다는 논리에 빠져있는 것으로 보입니
다. 저는 그래서 근래에 한국불교에 말장난만 무성할 뿐 큰 도인이
나오지 않는 게 아닐까 생각합니다.

법신이란 모든 개체마음들이 다 만들어져 나오는 고향이며 근원

인 전체마음입니다. 그것은 개체마음에게는 없음으로 인식되지만 그 무한한 없음에서 모든 개체마음들은 일어나고 다시 사라져갑니다. 이를 비유한다면 마치 무한하게 텅 빈 허공 속에서 홀연히 바람이 일어나 부는 것과 같습니다. 바람은 온 곳도 간 곳도 따로 없이 그저 허공 안에서 생겨났다가 사라집니다. 이 바람에 해당하는 개체마음을 3차원적 마음이라고 비유한다면 허공에 해당하는 전체마음은 4차원, 5차원, 6차원, 7차원 등등 무수한 고차원이 다 들어있는 무한차원이라 할 수 있습니다.

그래서 법신불(없음의 전체마음)은 보신불(있음의 개체마음)의 부모이자 고향입니다.

법신불은 그를 알아보는 마음에게만 인식되는데, 가장 가까운 느낌으로 그 모습을 소개하자면 간밤에 꿈도 없는 깊은 숙면 속에서 흔적도 없이 내가 없었던 상태 같은 그런 완전한 없음의 느낌을 주는 자리입니다. 그러므로 보통사람들의 마음으로는 하나님이 안 보이고 안 느껴진다고 말하는 것입니다. 하지만 이것은 단지 그 모습(相)일 뿐 본질(體)에 대한 설명은 아닙니다. 법신불(하나님)의 본질은 곧 기독교의 성서에서 설명하듯이 만물의 형이상학적 창조자이며 주재자이신 것입니다.

하지만 기독교에서 말하듯이 법신불이 인격성만을 가진 것은 아닙니다. 제가 보기에는 부처(신)는 모든 것의 성품을 다 구비하였으니 '총격성(總格性)'을 가졌다고 말함이 더 좋을 듯합니다. 법신불의 본질이란 곧 순수한 정신이며 몸과 마음 이전의 초월적 우리 자신입니다. 그래서 씨앗 안에 그 식물이 잠재태로서 깃들어있듯이 우리라는 현상 안에는 하나님(부처)이 장차 그의 자각과 발현(피어남)을 기다리며 깃들어있는 것이지요.

한편 보신불이란 개체마음에서 그 내용물에 빠지지 않은 마음 그 자체를 자각하는 상태(이를 '순수마음'이라고도 합니다)를 말하는데, 이것만 제대로 자각하면 우리의 삶이 일체가 다 환상임을 즉시 깨달을 뿐만이 아니라 일체의 번뇌망상에서 벗어나면서 3차원적인 존재성을 넘어선 초월적 존재방식인 열반적정과 항상 법열에 넘치는 상락아정을 얻게 됩니다.

게다가 모든 화두선문답을 술술 다 풀 수 있게 됩니다. 예컨대 "부처가 무엇입니까?" 하는 질문에 "뜰 앞에 잣나무"라든지 "마삼근"이라든지 하는 동문서답처럼 엉뚱하게 보이는 답변들이 다 여기에 해당합니다. 스스로 자기가 얼마든지 새로운 선문답이나 가르침을 만들어낼 수도 있습니다. 자기가 곧 진리인 마음이니 무엇인들 못 만들어내겠습니까?

마지막으로 화신불이라 함은 마음이 만들어낸 이 육체와 마음이 창조한 활동현상들을 말합니다. 우리는 보통 이 몸을 마음에 대비되는 존재로 여기고 있지마는 사실은 몸조차 마음 안에 들어있는 마음의 인식현상에서 나타나는 일종의 감각느낌체에 지나지 않습니다. 뿐만 아니라 화를 낸다든가 자비심을 낸다든가 하는 것도 사실은 눈에 보이지만 않을 뿐 하나의 무색체(無色體)로서 화신불이라 말할 수 있습니다. 보살심 같은 자비심을 낸다면 그것이 곧 하나의 화신불이지요.

하지만 우리에게 이 화신불이 있음으로 해서 우리는 그것을 의지하여 본래마음을 깨닫고 또 본래마음(보신불)을 의지하여 법신불을 깨닫게 되는 것이니 실로 화신불의 존재는 무명업장의 결과물이 아니라 깨달음을 위한 대단한 디딤돌이 될 수도 있는 것입니다.

이상에서 보듯이 저는 법신, 보신, 화신을 두루 다 깨달아야 비로소 온전한 진리의 참모습과 활동성을 자각하고 증득하며 온전히 균형 잡힌 삶을 살 수 있다고 생각합니다. 하지만 이것도 단지 필요상 나눈 구별일 뿐 실제로는 화신불인 몸도 마음속에 존재하는 것이며 법신불도 마음이 자각하지 않으면 없는 것과 마찬가지이니, 그래서 결국은 이것을 마음의 세 가지 다른 모습이기에 '삼위일체의 마음'이라고도 말하는 것이며 설명하기 좋게 방편으로 불교에서는 법신,

보신, 화신이라고 나누어 표현하는 것입니다.

기독교도 이것을 성부, 성령, 성자라고 달리 부르는데 제가 보기엔 사실 말만 다를 뿐 그 단어들이 가리키는 실제적인 본질은 다 똑같은 것이라고 봅니다. 우리들의 생각이 제아무리 다르다 해도 결국 일체를 구성하고 움직이는 진리는 하나일 수밖에 없으니까요.

그런데 우리는 여기서 깨달음이란 말이 믿는다, 안다, 된다는 말과는 다른 표현이란 것을 잘 알아야 합니다. 깨달음이란 말은 믿는 영역, 알거나 모르는 영역, 되거나 안 되거나 하는 영역과는 차원이 다른 것입니다. 깨달음이란 말은 한마디로 안다, 모른다, 된다, 안 된다와는 차원이 다른 더 깊고 크며 존재의 완전한 변화를 뜻하는 표현입니다.

저는 위에서 삼위일체의 깨달음을 얻어야 비로소 온전한 깨달음이란 견해를 설명 드렸습니다. 이 말은 달리 말하자면 나의 전체마음, 개체마음, 몸이 모두 다 깨어나고 자각되며 본래마음으로 스스로 자각되며 그러한 존재로서 거듭난다는 뜻이니, 실로 인간이 신으로 변하는 사건이며 나를 살아온 내 마음이 완전히 뒤집히는 대단한 전존재적 사건이 아닐 수가 없습니다.

그렇다면 우리는 어떻게 해서 이 삼위일체의 깨달음을 쉽고도 빠르게 얻을 수가 있을까요? 이에 대하여는 다음 장에서 설명하겠습니다.

삼위일체의
깨달음을
얻는 법

우선 지름이 9~10cm쯤 되는 동그라미를 하나 그리십시오.

그리고 그 가운데 키가 2~3cm정도 되는 사람 몸뚱어리를 하나 그려 넣어보세요.

이것이 바로 당신의 몸을 인식하는 마음(화신불)이자 당신의 개체 마음(보신불)입니다. 사실 당신은 이 동그라미 안에서 평생을 헤매어 왔습니다. 하지만 오랜 수행을 해 보신 분이 아닌 당신은 이 동그라미란 '의식의 장(場)'을 명확하게 제대로 의식해본 적이 거의 없을 것입니다. 하지만 당신은 사실 이 동그라미 안에서 한 발자국도 벗어나지 못한 채 자기가 생각해온 행복과 발전을 위해 무엇을 어찌해야 한다고 생각하면서 그동안 동분서주해온 것입니다. 이게 바로 당신이 살아온 삶의 모습이며 당신이 가진 마음세계입니다.

하지만 그러면 그럴수록 그 동그라미 안은 이러저러한 수많은 상념과 욕망과 번뇌, 스트레스들로 가득 차면서 점점 더 무거워지기 시작했으며 그에 동반하여 당신의 마음은 점점 더 답답해지고 힘들어졌습니다. 이것이 바로 당신이 스스로 만든 당신의 고통이며 삶의 무게이지요.

당신은 당신의 문제들을 대부분 사회나 남들이 만들어주었다고 생각하지만 사실 그것은 지금도 당신의 마음이란 이 동그라미 안의 문제이며 그것을 계속 이 동그라미 안에다 담아둘 것인지 아니면 그 밖으로 밀어내 소멸시킬 것인지도 순전히 당신이 스스로 결정할 자유재량 사항입니다.

대다수 사람들은 몸 안에 마음이 있다고 믿지만 사실은 그 반대로 이와 같이 당신은 마음이며 그 마음이 펼친 의식세계 안에 당신의 몸도 들어있는 것입니다. 왜냐하면 이미 앞서 설명 드린 바와 같이 마음의 의식활동이 없으면 몸도 존재할 수가 없기 때문입니다. 몸이 마음의 일종이란 것은 마음고생을 많이 심하게 하면 몸도 같이 따라서 병이 들거나 못쓰게 되는 데서 알 수가 있습니다.

이 동그라미 안에 당신이 지금 가진 자기의 크고 작은 문제나 걱정거리들을 한번 작은 글씨들로 **빽빽**하게 써넣어 보세요. 그러면 스스로 깨닫게 되실 겁니다. 지금까지 자기가 열심히 살아오면서 하고 있는 작업이 결국은 자기의 마음속에 온갖 수많은 내용물들을 선적하거나 저장하여 마음을 무겁게 하거나 더럽히고 오염시키는 작업들에 불과했다는 진실을 말입니다. 당신 스스로는 더 잘살려고 어찌해보려고 몸부림쳐 왔지마는 사실은 이 동그라미 안에 자꾸만 더 삶의 무게와 더러움만을 더한 것입니다. 우리는 계속해서 이렇게 같은 존재방식으로 지금도 살아가고 있습니다.

그 짐과 더러움들이 다 이 동그라미의 중심에 서있는 당신의 몸에 기록되고 영향을 주면서 당신의 몸은 삶으로부터 각종 스트레스라는 집중포화를 당하고 있지요.

하지만 그럼에도 불구하고 당신은 바로 지금 깨어나실 수가 있습니다. 이것들은 다 마음의 내용물들이지 마음 그 자체는 아니란 점을 자각함으로써 말입니다. 다시 말하자면 물(H_2O)이 제아무리 더러워져도 우리는 필터링이나 증류를 통해 그로부터 다시 깨끗한 본래의 순수한 물을 뽑아낼 수가 있습니다. 이와 같이 당신은 마음과 마음이 그동안 지은 내용물(불순물)들과 마음 그 자체를 분리하는 시각 관점만 가지시면 되는 겁니다. 그러면 단 한순간에 당신은 갓난아기 때의 그 순수한 본래마음으로 환원되고 깨끗이 회복되실 수가 있습니다.

당신은 과거엔 이 방법을 몰랐기 때문에 마음 그 자체와 마음이 만들거나 영향 받은 내용물들을 동일시하여 온 것입니다. 하지만 이제는 그 두 가지를 분리구분하심으로써 자기가 살아온 삶의 무게와 오염상황으로부터 벗어나실 수가 있게 될 것입니다. 이것은 노력하거나 수행해서 되는 게 아니라 단지 철저하게 자각하고 알아차림으로써 깨달아 순간적으로 꿈에서 깨어나듯이 변화하는 것입니다.

다시 말하자면 이 동그라미 안에 있는 것은 모두 다 마음이 아니라 마음이 인식하거나 느끼거나 이름 짓거나 상상하거나 개념화한 것들에 불과합니다. 심지어는 내 몸이나 내가 알던 나조차도 그중에 하나입니다. 그래서 삶이 꿈이며 '이 또한 지나가리라!' 란 본질을 가진 일장춘몽 같은 해석과 분별 속의 이야기인 것입니다.

세상의 대다수 수행법들은 결국 이 동그라미 안에서 또 무슨 내용물을 찾거나 바꾸어서 새롭게 만드는 것이거나 아니면 이 동그라미 자체를 붙드는 것들입니다. 하지만 그런 것들은 진정한 깨달음이 아닙니다. 진정한 깨달음은 바로 이 동그라미와 그 속의 모든 내용물들조차 만들어내는 창조주 주인공인 그 힘 바로 그것이 참나이고 본래마음임을 확인자각하는 것이기 때문입니다.

꿈에서 깨어나는 데에는 아무런 수행이나 노력이 필요하지 아니합니다. 그것은 단지 자각의 내면적인 힘만을 필요로 합니다. 그 힘에는 아무런 이름이 없습니다. 그 힘에는 주체, 객체, 행위의 분별구분도 없습니다. 왜냐하면 그 힘은 곧 이 세 가지를 다 있게 하고 인식하며 의미 짓는, 바로 근본적인 것 그 자체이기 때문입니다. 그래서 그것은 스스로 모든 것의 근원이자 뿌리라서 그 어떤 개념이나 생각으로도 그것을 정의하거나 한정할 수가 없습니다. 그리고 이것이 바로 당신 자신이며 참모습인 것입니다.

그래서 "도가 무엇입니까?" 하고 물으니 "하늘이 파랗습니다"란 답이 나올 수 있는 것이며 "부처(하나님)가 어디에 계십니까?" 하니 "평상심이 부처다"라고 답할 수가 있는 것입니다. 그 내용에만 빠지지 아니하면 즉시 일체가 다 이것 하나임을 보기 때문입니다.

저는 앞에서 간밤에 꿈도 없는 깊은 잠 속에서는 내가 완전한 없음으로 있었다고 표현했습니다. 그리고 그것이 바로 본래마음이라고 말씀드렸습니다. 하지만 그것이 죽어있는 존재가 아니고 살아있는 진리이기에 거기서 바로 나를 느끼고 만들어내는 신령한 힘조차도 투사되어 나옵니다. 그래서 이 섭리 같은 경이로운 힘이 바로 본래마음과 둘이 아닌 것입니다. 이것을 자각하여야 비로소 서로 상즉

하여 인식할 수 있게 하는 오묘한 존재방식인 법신과 보신을 제대로 깨닫는 것입니다.

그럴 때 우리는 비로소 이 몸이란 현상(화신불)이 비단 육체적 부모로부터만 기인한 것이 아니라, 살펴보면 부모의 육체를 빌어 더욱더 깊고 높은 차원으로부터 뿜어져 나온 위대한 한마음이 벌이는 흐름 속의 꽃으로서 심오하고도 경이로운 섭리적 존재임을 자각할 수 있습니다. 당신의 조상조차도 결국은 이 섭리적인 힘으로부터 나타나온 존재들입니다. 이것을 가슴 깊이 자각할 때 우리는 자신이 이 세상에 왜 왔는지를 진실로 자각할 수 있게 됩니다.

우리는 이 세상에 법신불(하나님, 근원우주정신)의 자기능력을 체험하고 그분의 뜻을 펼치시기 위한 아바타 상징으로서 태어난 것입니다. 이것은 실로 엄청난 축복이자 은총이며 대단한 자기 신분의 재확인이며 우리를 죄인이나 무명중생이라는 그동안의 자기자학으로부터 깨어나게 하고 구원시켜주는 부활과 거듭남의 복음인 것입니다. 그래서 우리는 그분과 둘이 아닌 하나이며 그의 분신(分身)인 것입니다.

하지만 대부분 우리는 그러한 자기 신분을 모르는 채 그저 돈이나 많이 벌고 애나 낳고 맛있고 재미있는 것만 찾아다니다가 늙어죽고 말지요. 자기가 태어난 진짜 이유와 목적을 모르는 채 그냥 눈앞에

닫힌 동그라미 속 세상살이에 파묻혀 돈이나 벌며 살아가기에 급급한 게 우리네 인생이란 말입니다. 저 역시 과거 이런 삶을 살다가 내적인 깨어남을 얻어 이 동그라미 밖으로 나오고 보니 나의 깨달음은 곧 내면에 계신 나의 신(궁극적 상위자아인 법신불)의 부름 그 자체였던 것이었습니다.

다시 한 번 말씀드리지마는 깨달음이란 위와 같이 자기를 제대로 한번 깊게 똑바로 보아 다시는 흔들림이 없도록 하는 것이지 무슨 의식과 절차를 통해 죄를 뉘우치거나 정화시키거나, 화두참선이나 위빠사나 등등 힘든 수행을 오래 하거나, 특별한 스승님을 모시고 무엇을 비밀리에 전해 받거나 알아차려야 하는 것이 아니라는 것을 강조하고 싶습니다. 그렇다면 예수나 석가모니부터가 깨달을 자격조차 없는 분들이지요.

이제 이러한 이해 위에서 삼위일체의 깨달음을 얻는 법에 대해 다시 한 번 살펴보도록 합시다.

먼저 내 안에 법신불(하나님)을 자각하고 만나는 방법입니다.

눈을 뜨고 의식이 있는 채로 나를 간밤에 깊은 잠 속에서 없음으로 있었던 그 상태를 실현해보세요. 이것을 진실로 깊고 철저하게 자각하노라면 누구나 자기 몸이 자기가 아니라 사물처럼 객관적으로 보이면서 온 세상이 앞서 말한 동그라미 안에서 모든 게 다 평등하게 느껴지는 가운데 마지막에는 일체 삼라만상이 분리할 수 없는 한 덩어리로 느껴지게 될 것입니다.

마치 보름달이 어두운 밤하늘 위에 홀로 두둥실 떠있듯이 온 세상을 다 삼킨 동그라미가 하나로서 내 의식 안에 두둥실 떠있게 되는 우아일여(宇我一如)가 곧 실현되는데, 이것이 바로 개체의 내가 죽고 사라지매 전체이신 하나님(부처)이 3차원적으로 투사되어 나타나시는 모습입니다. 그래서 삼라만상이 곧 부처님의 몸통이자 그분이 나타나신 모습이라는 말이 되지요. 그리고 법신불은 곧 이 모든 것의 배후에 계시며 본래마음으로 일체만물을 두루 드러내시는 초월적 섭리 그 자체인 것입니다. 이것은 상대적 있음을 통하여 상대적 없음으로 들어가 다시 더 근원에 있는 절대적 있음을 만나는 방법입니다.

그 다음엔 보신불을 깨닫는 방법입니다. 보신불인 개체마음의 본질적인 참모습을 보는 방법은 오직 하나, 마음이 짓는 내용물과 마음 그 자체를 혼동하지 않는 알아차림에 있습니다. 선함도 마음이 아니라 마음의 내용물에 대한 우리들의 해석이며 악함도 마음이 짓는 내용물입니다. 단지 해석분별 하나만 쉬면 즉시 마음의 본래모습을 알아차릴 수가 있게 됩니다.

아는 마치 비유하자면 얼음과 눈, 성에 등의 속에서 그것들이 겉모습은 다 달라도 궁극에는 단 하나, 다 물(H_2O)로써 이루어진 것이라는 진실을 통찰하고 깨어나는 것입니다. 이것을 혼자서 하기에 어려운 분들은 저희 피올라 마음학교의 강좌에 참가하시면 시청각교육과 여러 가지 명상실습을 통해 그것을 빨리 성취하실 수 있도록 도움을 드립니다.

마지막으로는 화신불을 깨닫는 방법입니다. 화신불을 깨닫는다는 것은 몸도 곧 마음속의 존재이며 마음의 일종이자 마음영역 속의 한 차원이라는 사실을 자각하고, 이 몸이 내가 아니라 이 마음이 잠시 창조하고 만들어내 빌려 쓰는 물질세계 체험을 위한 잠수복 같은 도구이자 수단임을 자각하는 것입니다. 그러면 머지않아 곧 이 몸 안에만 갇혀있던 의식이 몸과는 상관없이 무한하게 커지며 몸으로부터 해탈하여 벗어나게 되는데, 이것이 항상 마음챙김을 하는 주인공인 '주시자(注視者)'라고 부르는 것입니다.

이 몸이 내가 아니고 곧 부처이자 신의 자기체험과 표현을 위한 아바타 상징이라는 자각이 들어야 비로소 화신불을 깨닫기 시작하는 것입니다. 이런 존재에게는 삶이 고달프다느니 무겁고 힘들다느니 걱정거리가 많다는 넋두리나 푸념이 없습니다. 왜냐하면 그러한 나란 자기 욕망이나 편안함을 추구하는 에고 속의 삶을 살 때나 생겨나는 것인데, 화신불을 깨달은 자는 지금 여기의 이 나라는 육체나 마음의 현상 자체가 그대로 경이로운 신의 선물이자 앞으로 어떤 존재로 살아가야 할 것인가를 스스로 잘 알고 있습니다. 따라서 그 어떤 어려움도 다 오히려 배움과 성장으로 삼아 기꺼이 받아들이며 즐길 수조차 있는 내적인 관점과 강인한 정신력이 생겨나기 때문입니다.

잘못된 깨달음의 사례

　저는 앞에서 마음에 대한 바른 깨달음이란 마음이 만들어 내고 인식하는 오매일여, 생사일여, 견성, 공, 무아, 우주, 진아(참나), 하느님 마음, 본성(본래마음), 돈망(頓忘), 있는 그대로, 양신출태(養神出胎) 등등의 모든 내용물들이 아닌 마음 그 자체를 자각하고 그것이 곧 진정한 참나 자신이라는 진실을 발견하는 것이라고 말씀드렸습니다.

　왜냐하면 위에 말한 모든 것들은 다 마음이 체험하거나 분별하고 생각하거나 잠시 느껴서 만든 내용물들이지 마음 그 자체는 아니기 때문입니다. 물론 마음 그 자체를 제대로 깨달으면 마음이 가진 특성이 본래 생사일여하며 오매일여하고 무아이며 근원우주이고 하나님 마음 그 자체임을 알게는 됩니다. 하지만 깨달은 마음이 가진 특성이 그러하다는 것과 일부 특성을 가지고 그것이 곧 깨달음이라는 거꾸로 된 착각논리는 분명히 다른 것입니다. 예컨대 '3은 홀수다' 라는 명제는 맞지만 거꾸로 '홀수가 3이다' 라는 명제는 맞지 않는 것과 같은 것이지요.

그러므로 오매일여하다든가 생사일여하다, 혹은 견성이라든가 돈망, 공, 무아 등등의 것은 깨달음의 특성이긴 하지만 잠시 오매일여하다든가 무모한 마음으로 생사일여심을 가진다든가 제가 만든 성품이나 우주 혹은 공이란 것을 가지고 자기가 진리를 보거나 되었다고 착각한다든가 치매 환자이면 자동으로 성취(?)되는 돈망 등을 가지고 깨달음의 기준으로 삼을 수는 없는 것입니다.

또 있는 그대로를 진리라고 생각하면서 이미 모든 게 다 완전하므로 더 이상 아무것도 할 것도 없고 깨달으려고 노력할 필요도 없다는 논리 속에 빠져있는 사람들도 적지 않습니다. 문제는 제가 보고 느끼는 주관적인 제 수준만큼의 있는 그대로가 부처가 보고 듣는 온전한 있는 그대로가 아니라 자기의 무명업장과 미혹이 그대로 남아 활동하는 전도몽상 속의 미혹한 있는 그대로임에도 불구하고, 생각으로만 있는 그대로가 진리다라고 붙든다 해서 진정한 있는 그대로의 진리가 드러나는 것은 아니라는 점입니다.

우주를 진리라고 여기는 착각에 대하여도 한 말씀 드립니다.

과거에 필자도 나를 폭파하거나 죽이고 버려서 마음을 텅 비게 하여 무변허공이나 식무변처정에 해당하는 체험을 하게 한 후 그것을 우주라고 이름 붙이고 그것이 공이자 무아이므로 마지막 궁극의 도라고 여겼던 적이 있었는데, 나중에 알고 보니 이것은 불교에 나오는 아홉 가지 선정을 소개하는 구차제정(九次第定) 중 식무변처정이나 공무변처정에 해당하는 체험일 뿐 궁극적인 마음 그 자리는 아니어서 대표적인 잘못된 깨달음의 사례 중 하나라고 말할 수 있습니다.

흔히들 우리가 아는 3차원적 무한허공 우주가 가장 마지막 실재하는 존재라는 착각을 하고 그것을 가르치는 수행단체도 상당히 많은데 사실 우주란 마음이 만든 3차원적 분별해석의 공간이지 마음 그 자체의 본래자리가 아니라서 우리가 알던 경험상의 공간우주를 진리로 알다가는 진짜 부처님자리는 꿈에도 모르게 되는 것입니다.

진짜 우주는 3차원을 만들어내고 투사하는 4 이상의 차원이라고 말할 수 있습니다. 그것이 곧 마음이고, 마음이 곧 당신이기에 이미 있는 그대로의 당신이 다차원적 우주인 것입니다. 이에 대하여는 나중에 다시 자세하게 설명하도록 하겠습니다.

마지막으로는 단전을 수련하고 기공호흡을 하여 양신출태를 하여야만 부처를 이루는 것이라는 견해를 고수하는 수행단체들도 적지 않은데 이는 마음이 펼쳐내는 많은 능력 즉, 생각, 상념, 감정, 감각, 욕망, 정신, 의념, 기 에너지 중에 오직 기(氣)만을 마음이라고 좁게 여기는 착오에서 기인한 것으로서 결국은 기 에너지 차원 안에 스스로 갇히게 되는 결과를 초래할 뿐입니다. 특히 이런 분들 중에 축기(蓄氣)만 중요시할 뿐 남의 기운을 뺏거나 자기 약속을 헌신짝같이 버리는 등 성품이나 인격도야에는 전혀 신경을 쓰지 않는 사람들도 있는데 심히 경계해야 될 일이라고 봅니다.

당신도 쉽게 깨달을 수 있다

깨달음도
열매처럼
익는다

깨달음이란 것은 한마디로 말해서 과거에 내가 나라고 알고 여기던 그 내가 본래 없고 대신 그 자리엔 우주의 섭리적 존재와 같은 본래마음만이 있어서 나도 만들고 너도 만들면서 살아 움직이고 있다는 것을 보고, 나아가 아상, 인상, 중생상, 수자상 등을 끊어버림으로써 그 본래마음 그 상태로서 완전하게 화체(化體)되는 것입니다.

그러므로 깨달으면 끝이지 그 다음에 뭘 더 닦고 보림하고 할 필요는 없다는 견해는 제가 보기에는 이사무애적이며 사변적인 것이지 사사무애적이자 실제적인 것은 아니라고 말할 수 있습니다. 왜냐하면 우리의 본질이 곧 마음이라서 자기가 나를 만들며 살아온 과거가 있는 이상 그렇게 만들어진 과거의 나는 아무리 본래마음자리를 보았다고 하더라도 잠재의식 속에 남아서 일상 속에 수없이 불쑥불쑥 튀어나오기 때문입니다.

그래서 저는 '깨닫고 나니 더 이상 할 일이 없다'는 무사인(無事人)이라든가 '크게 쉰다'는 대휴인(大休人)이란 말을 별로 좋아하지 않습니다. 왜냐하면 그렇게 말하는 분들이 과연 불교 경전에서 말하는 부처의 능력인 삼명육통의 신통력을 가지고 있느냐 하면 아니거든요. 아직 마음의 능력이 다 계발되지도 않았으면서 함부로 그런 말을 한다는 것은 교만함일 뿐만이 아니라 더 나아가 마음의 특성을 아직 잘 모르는 처사라고까지 말할 수가 있습니다.

마음은 스스로 내가 이러하다 하면 그 이러함을 만들어내는 재주가 있습니다. 그래서 '스스로 무사인이다' 하고 지낸다면 실제로 더 성숙해지고 자라나며 계발될 수도 있는 마음이 그만 그 자리에서 사라지고 정체가 되어버리게 된다는 말입니다. 무사인(無事人)이니까요. 스스로 할 일이 없다는 제 마음에 다시 걸리고 만 것입니다. 이것은 참으로 경계하여야 할 일이 아닐 수 없습니다.

그래서 저는 '무무사인 무유사인(無無事人 無有事人: 할 일이 없는 것도 아니며 할 일이 있는 것도 아니다. 그냥 있다고 여기면 할 뿐이며 없다고 여기면 안 할 뿐이다.)'란 말을 더 좋아합니다. 다시 말해서 마음이 만들어내

어 걸리는 자기제약에 빠지지 말아야 합니다. 흔히 이 대목에서 돈
오돈수와 돈오점수의 논쟁을 하게 되는데 사실은 돈오돈수나 돈오
점수를 할 주체가 없으므로 이는 결국 그 본질이 무의미한 관념적
논쟁이라고 할 수밖에 없습니다.

　나란 아상이 있고 나서 그 주체가 돈우한 후 돈수하냐 점수하냐를
따져야 하는데 그럴 나가 본래는 없고 다만 마음의 활동만이 있을
뿐이니 그 다음의 행위가 무슨 의미가 있겠습니까? 게다가 돈(頓)이
니 점(漸)이니 하는 말들은 다 시간개념들인데 마음을 제대로 깨우쳤
다면 시간이 본래 없다는 것을 스스로 알게 되므로 다만 마음으로
존재하기 시작할 뿐, 거기에 아직도 아상의 주체인 내가 남아서 그
를 주인공으로 하여 빨리 하냐 천천히 하냐를 논할 의미 자체가 사
라진다는 말입니다.

　제가 제목에서 말하는 깨달음도 익는다는 말은 바로 이런 의미에
서 쓰인 말입니다.

　즉, 주체가 남아있어서 그가 자라고 성장하는 것은 아니지만 그래
도 마음현상이 과거의 훈습을 떠나서 순수한 마음활동으로 다시 자
리매김을 하게 됨에 따라 자연히 그라는 개체현상을 통해 나타나는
마음현상들이 전체마음에서 직접 우러나오게 되므로 점점 더 성숙

해지고 더 크고 깊은 지혜와 법력을 표현하게 된다는 말입니다.

그러므로 조그만 것을 알았다 하여 함부로 경거망동을 할 게 아니라 더욱더 안으로 다지고 내공을 깊게 하여 본래마음이 자기를 통해 온전하게 나타나지고 표출되어지기를 힘써야 합니다.

하지만 이것은 무슨 주체가 따로 있어서 하는 인위적인 노력 작업이 아니라 마치 강물이 흘러가듯이 마음이 그렇게 저절로 밝아지고 성숙해지도록 내어 맡겨두는 것입니다. 한마디로 '거거거중지 행행행리각(去去去中知 行行行裡覺: 가고 가는 중에 알게 되고 행하고 행하는 중에 저절로 깨닫게 된다)' 이라고나 할까요.

저는 이렇게 함으로써 우리에게 아직 드러나지 않은 우주의 무한한 진리를 만나고 접할 수가 있다고 생각합니다. 이런 관점에서 저는 우리가 진리 공부를 함에 있어서 머리로만 조금 알고 본 지해해탈(知解解脫)에 그치지 말고, 더 나아가 항상 깨어서도 일상 속에 무상삼매에 들어있는 선정해탈(禪定解脫)을 하여야 하며, 궁극적으로는 그의 육체까지도 진리 그 자체의 살아있는 화현으로 변하는 증신해탈(證身解脫)까지도 나아가야 한다고 생각합니다.

제4부

깨달으면 무엇이 달라지는가?

나와 세상이
완전히
달라진다

현재 한국불교는 화두선에만 빠져있기 때문에 화두만 잘 풀면 다 깨달은 것으로 보는 착각을 하고 있습니다만 사실 제가 보기엔 화두 선문답만 가지고는 무아나 개체마음의 유무를 어느 정도 점검할 수는 있지마는 그 이상의 경지나 차원으로 나아가기가 힘듭니다. 왜냐하면 최초의 화두선문답이 상당히 변질되어 이제는 어느 게 더 맞는 대답인가 하는 관념적 논쟁과 사변 속에 빠지고 말았기 때문입니다.

필자의 견해로는 그래서 더 이상 화두선문답은 깨달음을 측정하는 판단기준으로는 절대적인 지위를 상실했으며 차라리 그보다는 내적인 변화와 자각에 의거하여 판단하는 것이 더 나을 수 있습니다.

깨닫는다는 것은 본래마음이 마음을 일으켜 마음 스스로의 본질을 자각하고 체험하는 것인데, 일반적으로 깨달으면 다음과 같은 현상이 내적으로 즉시 일어납니다.

그 첫째가 과거의 내가 무아로서 홀연히 사라져 버리거나 설사 남아있어도 환상 속의 생각에 불과했음을 아주 확연하게 일상 속에서 흔들림 없이 보는 것입니다. 왜냐하면 깨어나 보면 나라는 것이 본래 생각과 감각, 감정들이 서로 엮여서 만든 일시적인 허구의 산물이기 때문입니다. 문제는 오랜 수행을 거쳐 이것을 터득하느냐, 아니면 단번에 이것을 깨닫고 나조차 만들어내는 미지의 무한하고도 경이로운 마음 그 자체로 완전하게 변화하느냐에 핵심이 있습니다.

무슨 생각이나 감정 혹은 감각(욕망)이 일어날지라도 그것이 한때 스쳐가는 허깨비 같은 것임을 항상 여실하게 보므로 그 어떤 생각이나 감정, 감각, 느낌이 일어나긴 하지만 과거처럼 나를 지배하거나 내 안에 축적될 수가 없습니다. 그들은 항상 내 마음속에 잠시 스쳐지나가는 바람같이 실체가 없는 것이니, 바로 이와 같은 각성 속에서 즉각 흔들림 없는 내적인 평화를 가져오는 여여(如如)한 마음이 생겨납니다.

둘째는 자기 마음이 어떻게 일어나고 사라지는지가 객관적으로 너무나 잘 보이게 됩니다. 그러면서도 자기는 그 마음의 내용물(생각, 감정, 감각, 느낌 등)과는 아무런 상관이 없는 순수한 마음에너지 그 자체임을 늘 자각하게 됩니다. 그래서 늘 절정체험 속에 있게 됩니다. 즉, 깨어난 이에게는 밥 먹고, 얘기하고, 웃고, 울고, 심지어는 화내는 것조차가 다 마음의 신묘한 작용임을 보게 되니 삶의 매 순간순간이 다절정체험이 아닐 수가 없게 되는 것입니다.

셋째는 스스로가 이 우주조차를 다 한눈에 보는 가장 배후의 커다란 심안(心眼)으로 변해있음을 느끼게 됩니다. 저는 이것을 일반적인 주시자에 비해 더 크고 깊으며 심오하다 하여 '대(大)주시자'란 이름으로 따로 구별하여 부르고 있는데, 스스로 이것이 열리게 되면 해도 한 바가 없고 오고 가도 오고 간 바가 없는 부동지(不動地)에 들게 되면서 세상을 마치 하나의 큰 구슬처럼 보게 되어 항상 내면이 환하고 밝으며 흔들림 없는 내적인 평화와 기쁨이 샘솟게 됩니다.

넷째는 눈앞의 세상이 과거의 그 세상이 아닌 전혀 다른 찬란한 세상으로 다시 탄생하여 나타납니다. 과거의 세상은 모두가 서로에 대하여 경쟁하는 험난한 세상이었는데 비하여 깨어난 존재의 눈에 비치는 세상은 이미 모든 것이 찬란하게 빛나며 경이로운 존재로 살아 움직이는 천국이자 불국토로서, 모든 존재들은 그 안에서 제가 보는 세상의 모습과 그 파동만큼을 공감공명하면서 그 관점에 따라

제 마음의 생김새만큼만 살고 있다는 기막힌 진실을 꿰뚫어보게 됩니다.

깨닫고 나면 실로 이 화신불의 육체를 가지고 이 세상을 산다는 것은 글자 그대로 '처처불상(處處佛像)이며 사사불공(事事佛供)'이란 말을 실감하게 되는 것이지요. 일체가 다 신의 화신이 아님이 없으며 모든 일에 다 신의 관여하심이 아닌 게 없으나 다만, 그 속의 경이로운 화신불들이 자기를 '인간'이라고 한정하고 그 눈에 맞는 관점으로 언행하면서 세상을 지옥으로 만들어가고 있다는 사실을 보면서 가슴 아파하게 됩니다.

천국에서 이미 살면서 지옥을 보고 듣고 느끼며 산다는 이 기막힌 사실이 깨어난 자를 중생구제를 위해 움직이게 만드는 원동력이 됩니다. 천국은 죽어서 어디로 가는 특별한 장소가 따로 정해져 있는 게 아니라 각자의 인간이 제 마음의 수준과 파동차원에 따라 보고 듣고 생각하며 느끼는 것이니 그 마음이 임하는 곳에 그 수준에 맞는 차원이 나타나 감응하면서 펼쳐지는 것일 뿐입니다.

그 외에도 깨닫고 나면 여러 가지 크고 작은 내적인 변화는 많으나 앞에서도 어느 정도 소개한 바가 있으므로 여기서는 이 정도의 소개로 그칠까 합니다.

존재방식의
변화

　존재방식이란 우리의 의식과 마음이 어떤 상태로 존재하느냐 하는 방식을 말합니다.

　생각이 많은 사람은 매사에 생각이 많고, 감성 위주로 느낌으로 사는 사람은 남보다 더 깊은 느낌을 느낍니다. 겉모습은 다 같은 사람이지마는 마음은 그 안에서 천국에서 지옥에 사는 사람에 이르기까지 제각각이라 할 수 있습니다. 사람들은 제가 자기 마음을 마음대로 바꾸고 조종할 수 있다고 착각하지마는 사실은 오직 깨달은 사람만이 그러할 뿐 나머지는 자기 잠재의식의 지배를 받기에 그게 그렇게 쉽지가 않습니다.

즉, 생각이 많은 사람은 여전히 생각만 많이 하게 되고, 악한 사람은 악한 언행을 되풀이하며, 우유부단한 사람은 여전히 고민만 할 뿐 실행을 좀처럼 하지 못하게 되며, 겁이 많은 사람은 그 겁을 스스로 어쩌지 못합니다. 또 너무 덤벙대는 사람은 그 경망스러움의 패턴에서 쉽게 벗어나지를 못합니다. 즉, 우리는 한마디로 제가 살아온 과거의 삶이 만든 패턴이나 스타일에 의해 일정한 모습으로 '프로그램되어 있다' 는 말입니다.

하지만 깨어난 사람은 일체의 그런 것으로부터 벗어나게 됩니다.

그래서 깨달으면 마음의 대자유를 얻는다고 표현하는 것입니다. 그러나 여기에 중요한 포인트가 하나 있습니다. 그것은 '이런 것이 깨달음이다' 라고 머리로 아는 정도로는 안 되고 스스로 완전하게 깨달은 마음(본래마음) 그 자체로 화하여야 한다는 조건이 붙습니다. 그 자체로 화한다는 말은 누가 어떤 것을 지키거나 유지하고 간직하는 게 아닌 그냥 그것이 되어버리는 것을 뜻합니다. 그러니까 내가 어떠한 길을 가는 게 아니라 내가 과거의 나를 떠나 그 길 자체가 되어버린다는 말이지요.

그래서 이것을 과거와는 전혀 다른 '새로운 존재방식' 이라 할 수 있습니다.

이러한 존재에게는 첫째로 진리란 이런 것이다 하는 자기 생각이 사라집니다.

자기 자체가 진리가 되어버렸기에 자기를 떠나 따로 관념적이거나 체험적인 그 무엇을 따로 진리라고 내세울 게 없어진다는 말입니다. 간혹 진리란 이런 것이다 하고 주장하며 의견이 다른 사람들과 싸우며 입에 거품을 무는 사람들을 보는데 그분들은 제 관념을 자기 주인으로 모시면서 이미 자기 따로 진리 따로이므로 아직도 갈 길이 먼 사람들입니다.

두 번째로는 왜(why)라는 이유나 합리적인 행동근거가 사라집니다.

이것이 깨어난 사람들의 가장 큰 예측 불가능한 특징인데 그것은 스스로 합리성이나 논리성이라는 인간적인 사고의 벽을 넘어섰기에 그렇습니다. 그래서 일반인들이 보기에는 이유를 모르겠다는 기이한 행동을 하기도 합니다. 왜 그랬냐고 이유를 물어보면 그 대답이 없거나 혹은 그냥 그랬다는 것이 답변입니다. 자기 자신이 가장 근본적인 이유가 되기 때문입니다.

세 번째로는 스스로 행복을 위해 그 어떤 수단이나 방편이 필요하지 않습니다.

다시 말해서 돈이 많아야 행복해진다든가 출세를 해야 더 행복하다든가 멋지고 아름다운 이성과 같이 살아야 더 행복하다든가 사는 집이 더 크고 넓고 깨끗해야 행복해진다든가 하는 전제조건들이 하나도 남김없이 다 무너져 내린다는 것입니다. 그 이유는 스스로 가장 궁극적인 행복을 창조하고 누릴 수 있는 무한한 행복의 근원이 되며 그러한 마음의 힘을 스스로 느끼고 누리기 때문이지요.

네 번째로 더 깊고 크고 넓은 본래마음의 힘과 공덕을 항상 보고 듣고 느끼므로 과거에 비해 개체심만을 가지고 사는 일반인들이 보기에는 불가사의한 일을 하며, 대자대비한 마음을 갖고 무량공덕을 심는 일을 능동적으로 하며 살게 됩니다.

이러한 삶을 삶으로써 그의 마음은 더욱더 본래마음으로서 인간들의 다사다난한 각자의 생들을 관통해 흐르는 저변의 심오하고도 장대한 흐름을 타며, 아무런 흔들림 없이 자기의 갈 길을 흔적 없이 꿋꿋이 걸어가게 되는 것입니다.

위에 소개한 존재방식의 특징적 변화가 일어나지 않은 채 그저 머리로만 아는 말은 많이 하나 과거와 같은 육체를 중심으로 한 욕망의 삶을 살고 있다면 그는 진실로 깨달음이 된 자가 아니며 단지 머리로 추측해서 알고 있는 중생에 불과할 따름입니다. 대부분 사이비 단체 스승들이 이런 유형에 속하는 사람들입니다. 즉, 알지 못하는 분들이 아니라 머리론 알지만 마음은 아직 과거의 욕망이 다 충족되

진 못해서 그것들을 붙잡고 있다 보니 아직 온전하게 더 높은 차원
적인 존재가 되진 못한 채 중간에서 맴도는 존재라는 것이지요.

법열과
절정체험의
일상화

우리는 흔히 깨달음이 법열과 절정체험을 가져온다고 믿고 있습니다.

하지만 제가 보기에는 그것은 정반대입니다. 사실은 법열과 절정체험이 오히려 깨달음을 더 빨리 가져오는 면이 있습니다. 물론 법열과 절정체험이 있었다고 해서 그것이 곧 깨달음의 증표는 아닙니다. 다시 말해서 법열이나 절정체험이 생겨났기에 깨달은 게 아니라 법열이란 깨달음이라는 내적인 사건에 부수적으로 동반되는 현상이란 말입니다. 마치 꽃과 향기가 만발하려면 먼저 함초롬한 꽃봉오리가 생겨나야 하듯이 말이지요.

그런데 자칭·타칭으로 한국의 깨달았다는 분들은 상당히 그 얼굴이나 표정이 근엄하고 심각합니다.

저는 이런 측면에서 그동안 한국에 널리 유포되어 있던 깨달음이 좀 지나치게 색즉시공(일체는 다 공하다)에만 미세한 일념 속에서 치우쳐 있는 게 아닌가 염려스럽습니다. 진정한 깨달음이란 '색즉시공'이라든지 '무아'라든지 하는 것을 오랜 수행 끝에 실현하는 게 아니고 존재(나조차 만들어내는 이 마음)가 스스로 궁극적 존재이자 목적이라는 것을 자각하는 데서 출발합니다. 우리가 이미 모든 것을 다 실현할 수 있는 마음 그 자체라는 것을 철저하게 자각한다면 마음이 만든 내용물에 불과한 무슨 무슨 법을 따라다닐 필요가 없는 것입니다.

우리가 철저하게 마음 그 자체의 자리에 계합한다면 당연히 그 즉시 근원적 평화를 되찾음과 함께 무원(無願: 더 바랄 것이 없는 상태)의 존재가 됩니다. 즉, 마음 자체가 곧 우주의 궁극적인 근원이자 본래 모습으로서의 자기능력을 되찾는 것이지요.

이것이 진정한 깨달음입니다.

그럴 때 우리는 더 깊은 차원과 연결되기 시작합니다. 하지만 그것은 본래부터 그러했던 것이 회복되는 것일 뿐이지 새롭게 얻는 능력이 아닙니다. 그러나 하도 우리가 무엇을 배워서 노력해야만 얻는 과거 업습에 젖어서 살아왔기에 이것은 마치 새롭게 얻은 능력처럼 우리를 더 고차원적인 영적 현존성에 연결시키고 경이롭고도 늘 새로운 감동감화를 시켜줍니다. 그럼으로써 우리는 일상 속에서 매 순간 더 깊은 차원의 실재와 그 에너지를 만나게 됩니다.

이것이 바로 법열이고 절정체험을 가져오는 것입니다. 다른 말로는 삶 속에서 얽매이고 조여들어서 편협해진 마음이 해방된 에너지로서 활짝 펴지는 순간이라고 말할 수 있습니다. 우리는 그 순간 무경계한 무한한 마음의 에너지를 만나고 느끼며 전율합니다. 그리고 그 에너지 속에서 법열에 젖어있을 때 우리는 일상 속에서 모든 것과 관여하되 동시에 그 관여함에서 벗어나 있게 되며, 또한 육체와 개체마음을 갖고 굴리면서 동시에 그 모두를 초월해 있으면서 3차원 공간 안에서는 그 어디에도 존재하지 않는 흔적 없는 초월적 의식체로서의 새로운 자아를 자각하게 됩니다.

이것은 동시에 개체이자 전체인 방식이며 없으면서 있고 있으면서 없는 방식이기도 합니다.

즉, 있다고도 없다고도 할 수 없으나 없는 듯 있으면서 동시에 있는 듯 없습니다. 그래서 있다고 보면 있게 되고 없다고 보면 없게 되는 묘한 자리라고 할 수 있습니다. 이렇게 되면 무엇을 해도 하되 함이 없는 삶을 살게 되며 동시에 3차원 안과 밖에 존재하는 일즉다 즉일(一卽多多卽一)적인 특성의 미묘한 마음으로서의 새로운 초월적 자아를 자각하게 됩니다.

이것은 과거의 육체중심적인 감각 위주의 삶과는 질적으로 전혀 다른 무한하고도 초월적인 에너지가 흘러넘치는 삶입니다.

그래서 절로 상락아정의 법열과 무엇을 하든 간에 우주적인 근원 심인 본래마음이 드러나고 꽃피어나는 절정체험을 항상 느끼게 됩니다. 이렇게 되면 설사 화를 내거나 슬퍼하고 싸움을 해도 그것 속에서 존재의 궁극적인 근원이 마음으로 살아 움직이며 나타나는 절정체험을 느낍니다. 모든 게 새롭고 경이로운 가운데 더 깊고 깊은 근원적 실재와 연결되어 있는 무한한 에너지의 공감대 속에 스스로 존재하고 있기 때문입니다.

일체가 다 연극임을 알지만 또한 이 연극 속에서 실재가 살아 움직이고 창조하고 있음을 보고 있는 것입니다. 매 순간이 그래서 절정의 연속이며 법열로 흘러넘치게 됩니다.

그러므로 삶이 재미와 행복, 그리고 평화로 넘치게 됩니다. 이것이 깨달은 자의 평상심이며 우주심과 개체마음이 동시에 하나로서 발현하는 것입니다. 이러한 에너지적 변화가 내 속에서 일어나야 비로소 제대로 깨달은 것이라 할 수 있습니다.

당신도 쉽게 깨달을 수 있다

색즉시공(色卽是空)과
무사인(無事人)을
넘어서

　저는 한국불교뿐만 아니라 세계적으로 불교가 타 종교에 비해 상대적으로 더 큰 위기에 직면해 있다고 보고 있습니다.

　그리고 이 문제는 근원적 교리의 문제가 아니라 교리에 대한 형평을 잃은 잘못된 해석과 그의 실천문제에서 비롯되는 것입니다. 그 대표적인 표현이 바로 색즉시공(色卽是空: 일체는 다 공하다)과 무사인(無事人: 더 이상 할 일이 없는 사람)인데 이 말들은 사실 인류의 정치사회적인 역사와 관련이 있습니다. 과거의 인류문화는 불안정한 사회 속에서 생겨났으며 전쟁과 기아, 권력자의 폭압정치 등을 경험하며 살아왔습니다. 그래서 세상을 고통으로 보고 그로부터 벗어나고자 하는 염원을 지상과제로 삼아왔지요.

하지만 대다수 국가에서 대중에 의한 민주주의가 실현된 오늘날은 색즉시공(色卽是空)과 무사인(無事人)만을 찾다가는 나라를 유지하거나 지킬 이유도 없으며 그저 가만히 앉아있다가 빨리 죽는 게 상책이지 꿈과 희망을 좇아 행복을 얻기 위해 열심히 노력하거나 사업을 할 필요 자체가 없다는 무사인 정신은 서로 맞지 않게 되어버렸습니다. 즉, 현대 자본주의에 와서는 색즉시공(色卽是空)과 무사인(無事人)이란 개념이 더 이상 인류의 현실적인 삶과 잘 맞지 않게 된 것입니다. 이제는 오히려 공즉시색(空卽是色: 공한 자리에서 일체가 다 나온다)과 무무사인 무유사인(無無事人 無有事人: 할 일이란 본래 없는 것도 아니고 있는 것도 아니며 다만 자기가 정하고 체험해볼 뿐이다)의 시대가 도래했다고 볼 수 있습니다.

그럼에도 불구하고 아직도 한국불교는 색즉시공(色卽是空)과 무사인(無事人)만 찾고 있습니다.

다시 말해 본래 자유로운 마음 위에 '이것이 법이다'를 세우고 그것이 진리인 양 따르는 수백 수천 년 묵은 과거 습관을 아직도 벗지못하고 있는 것입니다. 제가 하고자 하는 말씀은 법이 마음을 지배하는 게 아니라 마음이 법을 자유롭게 만들고 굴려 쓸 수 있어야 한다는 것입니다.

이제는 현실을 무조건 부정하거나 회피해야 할 환상으로만 볼 게 아니라 오히려 내 마음을 창조체험해 볼 수 있는 '창조체험의 장(場)'으로 보아야 하며, 깨닫고 나선 더 이상 할 일이 없는 존재만으로 머무를 게 아니라 모든 중생을 다 나의 분신으로 삼아 섬기며 하화중생하는 보살의 길을 가야 하는 시대인 것입니다.

　그래서 저는 이제는 색즉시공(色卽是空)과 무사인(無事人)이란 가치관을 넘어서야 한다고 생각합니다. 하지만 아직도 한국불교는 이런 개념들을 마치 최고의 진리인 양 사용하면서 사람들을 그런 개념 속에 머무르게 하는 잘못된 과거의 유산 속에 머무르고 있습니다. 이것은 자칫하면 사람들을 비현실적이고도 미세한 관념 속에 사로잡히도록 만들어버릴 염려가 있습니다. 이것이 바로 우리가 고쳐나가야 할 현대 불교가 당면한 문제가 아닐까 생각합니다.

가슴으로
산다는 것

　세상 사람들은 가슴으로 살라 하면 대부분이 "어떻게요?" 하며 되묻습니다.

　필요성은 알겠는데 정작 그 방법을 모르겠단 것이지요. 가슴으로 사는 것이 실현되려면 크게 보아 세 요소가 있는데, 첫 번째 요소는 가슴의 느낌을 계발하는 일입니다. 즉, 다시 말해서 머리 위주로 판단분별을 반복하는 가운데 살아오면서 슬그머니 우리로부터 사라져버린 어렸을 때의 그 행복하고 가슴 벅차던 느낌들을 지금 이 자리에 되살려내는 것입니다.

　가슴의 느낌을 계발하는 데는 호흡명상이나 정관(靜觀)명상이 좋습니다. 호흡명상은 외부에서 무슨 일이 있을 때마다 혹은 내 몸 안에 일어나는 현상이나 반응들에 대해서 빨리 반응하며 조급하게 판단 내리지 않게 하기 위하여 호흡을 천천히 하면서 지켜보는 것입니다. 호흡을 천천히 하면서 일어나는 현상과 반응하려는 내면을 오래 지켜볼수록 과거처럼 즉시 대상에 반응평가하며 과거의 패턴대로만 끌려가던 내 존재방식은 빨리 수정될 수 있습니다. 즉, 일어나는 일들에 대한 정관(靜觀)하는 힘을 가진 내적인 주시자(注視者)의 인내력을 기르는 것입니다.

두 번째 요소로는 다가오는 모든 현상에 대하여 자기가 무의식적으로 나에게 이로운 것인가 해로운 것인가를 머리로 분별하고 따져대는 습관으로부터 벗어나서, 그것을 다만 그럴 뿐으로 잠시 바라다보면서 객관화하여 상황을 지켜보는 통찰명상을 통해 과거의 내 마음속에 입력된 프로그램부터 뜯어고쳐야 합니다. 사실 세상에 일어나는 모든 일은 그 사건 자체로는 이로운 것도 해로운 것도 아닙니다.

그것은 단지 그러한 결과가 일어날 만한 상황이 되었기에 일어나는 것일 뿐입니다. 우리는 무슨 일이 생길 때마다 그에 대하여 사실 그대로 객관적으로 응시하면서 침착하게 그럴 뿐으로 대하지 못하고, 거기에 조급하게 자기 과거의 고정관념으로 좋다 나쁘다를 따지고 분별하면서 그 상황에 자기 나름대로 해석한 이야기를 만들어내면서 온갖 생각과 감정의 파도 속에 빠져듭니다.

사실 이것이 바로 에고(잠재의식의 습관적 반복행동)의 활동입니다. 하지만 이것을 알아채는 사람은 극히 적습니다. 그래서 이것을 벗어나는 것이 진정 이상을 버리는 것임에도 불구하고 생각으로만 자기를 죽이고 버리거나 놓는다고 하면서 실제로는 그런 느낌만을 찾아 수행하는 더 미묘하게 숨어버리는 이상만 쌓아올리는 사람들이 적지 않습니다. 그래서 대다수 많은 사람들이 머리로는 구원이니 깨달음이니 지식도 많고 정보도 많지만 실제로 이런 자기의 에고활동으로부터 진정 자유롭거나 여유로운 사람은 극히 드문 것입니다.

세 번째로는 존재의 중심을 가슴에 먼저 두는 것입니다. 이 말은 머리로 하는 생각보다 가슴의 느낌을 더 우선시하라는 말입니다. 사실 느낌도 계발하기에 따라 더욱더 확장되고 깊어지므로 일상 속에서 하여야 합니다. 우리를 뭉클하게 하는 것도 머리가 아닌 가슴으로 하며 내 생에 최고의 전력을 다하는 에너지도 머리가 아닌 가슴으로부터 솟아나옵니다.

하지만 우린 이 가슴을 홀대하면서 살아왔습니다. 이젠 가슴에게 그 본래의 왕좌를 되돌려주어야 할 때입니다. 왕좌를 돌려준다는 것은 그 어떤 논리와 생각보다도 내 느낌을 더 존중한다는 말이며, 이렇게 느낌 속으로 들어가 더 오래 머무르고 더 충실하게 느낌을 따를수록 그것은 점점 더 잘 계발되고 피어나게 됩니다. 그래서 그 수준이 일정 수준 이상 깊어지면 마침내 초월적 느낌(통찰력)과 사랑(자비)의 마음이 생겨나게 됩니다.

왜 초월적 느낌(통찰력)이라고 하느냐면 과거엔 그런 느낌이 없었기 때문입니다. 이것은 과거에 내가 의지하고 살아온 육식(六識)만이 전부인 줄 아는 사람들은 전혀 알지 못하는 세계입니다. 이 초월적 느낌을 만나고 계발하여 가진 사람은 그 얼굴에 진리에 대한 자기 확신과 깨어남(초보적 깨달음)의 빛이 나타납니다. 그런 사람은 그 누가 그 어떤 논변으로 설득하거나 휘어잡으려 해도 불가능하게 되지요. 그에게는 이제 가슴으로부터 진정한 지혜와 자기 존재에 대한 사랑이 꽃피어난 것입니다.

이것은 다시 말해 심안(心眼)이 열리거나 뜨이는 것이라고도 말할 수 있습니다. 우리가 물질적인 세계만에 대하여 보는 것은 관찰이지만 일어나는 사건들의 이면이나 자타의 내면에 대해 꿰뚫어보는 것은 통찰이라 할 수 있습니다. 하지만 이것이 곧 깨달음은 아니며 깨달음을 위한 필요조건 같은 것입니다.

이렇게 세 요소가 잘 어우러져 화합하게 되면 머리가 하는 생각의 힘은 약해지고 대신 가슴의 느끼는 힘이 압도적으로 강해지게 됩니다. 그럴 때 더 이상 생각은 우리들을 지배할 수가 없으며 대신 우리는 가슴을 우선시하는 가운데 과거에 비하여 초월적 존재방식으로 살게 됩니다. 왜 초월적 존재방식이라고 하는가 하면 이런 삶의 방식이 이 세상 사람들의 일반적 존재방식을 넘어서 있기 때문입니다.

사실 머리는 죽은 개념의 세계이며 정보판단에 불과한 관념적 허구의 세계이지만 가슴은 살아있는 실상의 생명세계이며 공감하고 소통하는 에너지의 활동세계입니다. 그래서 머리 위주로 사는 사람은 옳고 그름, 좋다 나쁘다의 관념적 판단의 세계에 살고 가슴 위주로 사는 사람은 상위자아를 향한 에너지가 흐르는 소통 공감의 세계에 삽니다. 그래서 내 가슴에 밝은 평화와 사랑이 넘치는 최상의 에너지가 흐를 때 비로소 우리는 깨닫게 되는 것이지요.

피올라 마음학교에서는 깨달음을 머리로 가르치지 않고 얼굴을 마주보며 말보다는 직관적인 행동을 통해 가슴으로 전합니다.

정보와 지식은 가르칠 수 있으나 느낌의 에너지는 오직 전달할 수 있을 뿐이기 때문입니다. 요즘은 깨달음이나 구원을 사이트로 가르치거나 사이버 강좌로 대신하는 곳도 꽤 있지만 그렇게 해서 사람을 진정 깨닫게 하거나 근본적으로 바꾸기가 힘든 이유는 바로 이 때문입니다.

제5부

마음공부에 대한 질의응답(대담)

저자와 실제로 대담한 분은 세 분이었으나 각 개인이 누구냐 하는 것보다는 그 질문
내용이 더 중요하므로 아래에서는 각자 그 실명을 밝히기보다 상징적으로 간단하게
질문은 Q로 표시하고 답변은 A로 표시하도록 합니다.

사람은
왜 사는 것인가?

Q: 사람은 도대체 왜 사는 것일까요? 어떤 심리학자는 인간은 결국
   자기의 재미와 행복을 위해서 산다고 규정짓던데 선생도 그렇게
   생각하십니까?

A: 제가 보기엔 그것은 부분적인 논리라고 봅니다. 즉, 부분적으
   로는 맞는 얘기지만 모든 경우에 있어서 다 들어맞는 얘기는
   아니란 말씀이죠. 구체적으로 말하자면 사람 안에는 다양한 인
   격이 들어있습니다. 자기 자녀에 대해선 부모로서, 부모에 대
   해선 자녀로서, 제자들에겐 스승으로서, 친구들에겐 벗으로서
   의 자아관념이 존재합니다.

당신도 쉽게 깨달을 수 있다

예컨대 자기 자녀에 대해서도 우리는 재미와 자기 행복만을 위해서 행동할까요? 또는 자기 부모를 대할 때도 그러할까요? 우리는 그런 경우에는 때로는 일부러 고통과 희생을 감수하기도 하고 기꺼이 자기의 목숨을 내던지기까지 합니다. 이것을 재미와 행복 때문이라고만 간단하게 말할 수가 있습니까?

저는 그런 의미에서 사람은 자아라는 존재감을 더 길게 영속시키면서 더 폭넓게 그 '나'를 체험하기 위해서 산다고 생각합니다. 우리는 결국 자기가 겪는 정보들의 총합인 이 나란 것을 그것이 존재하지 않는 것보다는 더 낫다고 판단하면서 무의식적으로 집착하고 사랑하는 것이죠.

본능적으로 이 나를 더 길고 폭넓게 체험하려고 하다 보니까 그렇지 않은 상황을 싫어하거나 두려워하게 됩니다. 저는 재미와 행복을 추구하는 것도 그것을 위한 선택적 존재방식의 일부분이라고 봅니다. 즉, 우리는 나를 더 확장하고 크고 깊게 경험하기 위해, 또 더 길게 하여 마침내 영원히 하기 위해서 때로는 일시적 슬픔과 고통도 감수합니다. 이것이 재미와 행복을 넘어서 있는 보다 더 본질적인 우리의 모습이죠.

Q: 그것도 역시 하나의 재미나 행복이라고 말할 수도 있지 않을까요?

A: 제가 말씀드리는 핵심은 우리에겐 궁극적으로 나가 있어서 그

나를 만족시켜주려고 재미나 행복을 찾을 때도 있다는 것이지 우리가 무작정 재미나 행복만을 찾는 어린아이같이 어린 존재는 아니란 겁니다. 즉, 나를 확인하는 체험과 확장을 원하는 마음이 먼저 있기에 그것이 이루어질 때 재미나 행복도 느끼는 것이고 또 때로는 희생과 자기 손해도 감수하는 것이지, 재미나 행복이 나의 확장과 영속보다 선행하는 절대적인 고정불변의 가치는 아니란 것입니다.

Q: 그렇다면 우리가 이렇게 나란 것에 집착하는 이유는 무엇일까요?

A: 그것은 우리가 살아오면서 자연스럽게 중독된 하나의 습성입니다. 마치 담배에 중독된 사람이 담배를 끊기를 그렇게도 어려워하듯이 말입니다. 우리는 물질을 소유함으로써 개체성이 중요시되게 된 이 유구한 인류문명 속에서 한결같이 이 개체의 나란 인격성에 중독되어 있습니다. 하지만 우리가 가장 평화스럽게 그리고 안락하게 쉴 때는 바로 숙면을 취할 때이고 그때 분명하게도 우리가 알던 그 나란 것은 없습니다. 참으로 아이러니하지요? 우리에게 우리가 알던 나란 것이 존재하지 않을 때 비로소 우리는 가장 크고 깊게 쉴 수 있다는 것이 말입니다.

Q: 그렇다면 나가 없는 상태가 최상이란 말이신가요? 그것은 좀 허무주의나 현실부정주의로 느껴집니다마는.

A: 그런 말이 아닙니다. 나가 없는 상태라고 해서 아무것도 없는 것이 아닙니다. 나란 의식활동이 없을 때 그 자리엔 아무것도 없다는 것은 우리들의 성급한 해석일 뿐입니다. 그거엔 우리가 과거에 알던 그 나만이 없을 뿐 실제로는 우리가 아직 미처 모르는 미지의 나가 있습니다. 그게 바로 마음이고 또 우리가 깨달아 알아야 할 보다 더 깊은 우리의 본래 모습이지요.

Q: 그렇다면 선생님의 말씀은 우리가 결국은 참다운 자신을 깨닫기 위해서 살고 있다는 말씀인가요?

A: 그렇습니다. 우리는 우리의 삶과 인류문명이 만든 나라는 허구적 존재를 통해서 자기 속에 숨어있는 더 크고 위대한 나를 만나고 알아가는 여정 속에 있습니다. 이것을 저는 영혼의 여행이라고 부릅니다. 불교에선 이를 육도윤회라고 부르지마는 이는 다만 우리의 삶을 긍정적으로 바라다볼 것이냐 아니면 부정적으로 볼 것이냐의 표현문제라고 봅니다. 기독교적으로 본다 해도 결국은 우리가 마침내 우리 안에 계신 궁극적 존재인 하나님을 만나야 한다는 점에서 같은 말이라 할 수가 있는 것입니다.

어떤 종교가
옳은 진리인가?

Q: 이 세상에는 크고 작은 종교가 많습니다마는 대체 어떤 종교가 진리일까요? 한마디로 대답하기는 참 어려운 문제입니다마는.

A: 한마디로 말하자면 그 어떤 종교도 다 진리를 가리키는 손가락일 뿐이지 종교가 진리 그 자체는 아닙니다. 그러니까 종교는 진리라는 밥을 담는 밥그릇이라고나 할까요? 그러므로 밥그릇은 놓여있는데 밥이 없거나 쌀밥 대신에 다른 것을 그릇에 담아놓고 밥이라고 내놓는 경우도 얼마든지 있을 수 있다는 말입니다. 그것을 이단(異端)이라거나 사이비라고 부르지요.

Q: 그렇다면 진리란 어디에 있습니까?

A: 저는 우리들이 일반적으로 갖는 옳다 그르다란 자기 경험적 관점에서 이 종교와 다른 종교를 비교하지는 말아야 한다고 생각합니다. 그것은 정말로 제 눈에 안경일 뿐이니까요. 이 질문에 답을 드리려면 먼저 '진리란 무엇인가' 부터 생각해봐야 하겠지요. 선생께서는 진리가 무엇이라고 생각하십니까?

Q: 글쎄요. 제 견해로는 진리란 하나님, 신(神), 혹은 부처님으로 대변되는 그 어떤 섭리적인 초월적 존재를 말하는 게 아닐까 합니다만.

A: 그것도 선생께서 보시는 진리관이지요. 각 종교인들에게 물어보면 그 대답이 각기 다를 것입니다. 그러니까 그런 현상들을 한마디로 요약하자면 진리란 결국 '내가 진리라고 여기는 것이 나의 진리' 인 셈입니다. 이러한 견해가 틀리다고 보십니까? 아니라면 결국 우리는 자기 마음이 만들어내는 피조물인 대상을 가지고 진리라고 숭앙하고 높이 받들고 있다는 결론에 이르게 됩니다.

즉, 한 종교에 심취한 사람에게는 자기가 믿는 종교가 곧 목숨조차 바칠 수 있는 최고의 진리라고 믿어 의심치 않겠지만 타종교인에게는 그것은 전혀 의미 없는 것이 되거든요. 그렇다면 누가 과연 이 세상에서 자기가 믿는 것만이 진리고 나머지는 다 가짜라고 장담할 수 있단 말입니까? 또 그것이 그 얼마나 독선배타적입니까? 이것은 곧 우리가 자기 마음이 결정하고 가치를 부여하는 대로 따라가는 정신적 존재란 것을 말해 줍니다.

Q: 객관적으로 본다면 그 말이 맞긴 합니다. 누구나 다 자기 마음이 소중하다고 여긴 것을 받들거나 따르고 있으니까요.

A: 그러므로 결국 진리조차 만들어내고 따르게 하는 최종적인 존재인 우리들의 마음이 진리의 창조자라고 하여야 하지 않겠습니까? (웃음) 그러니까 진리조차 만들어내는 최종적인 진리가 곧 우리들의 마음인 셈이지요. 그래서 불교에선 일체유심조라고 말하면서 마음이 곧 부처라고 하는 것입니다.

Q: 하지만 기독교에선 사랑이, 불교에선 깨달음이 최종적인 진리라고 하지 않습니까?

A: 저는 맹목적인 사랑은 지혜롭지 못하기에 같이 환난에 빠지게 되며 반면에 사랑이 없는 지혜는 차갑기만 할 뿐이라고 생각합니다. 우리는 머리와 가슴을 다 같이 갖고 사는 온전한 존재들이지 머리(지혜)냐 가슴(사랑)이냐를 놓고 둘 중에 어느 게 먼저냐만을 따지는 것은 또 다른 분별과 혼란의 시작일 뿐이지요. 그것은 단지 관념적 토론일 뿐 실제로는 전혀 사랑도 아니며 지혜롭지도 않습니다.

Q: 그렇다면 선생님은 어느 종교도 진리가 아니라는 말씀이신가요?

A: 아닙니다. 제 말은 어느 종교든 그 그릇 안에 밥이 담겨있는 순간에는 다 진리라는 말입니다. 동시에 어떤 순간에 밥이 안 담겨있다면 그 순간에는 진리가 아닌 셈이 되지요. 그러니까 종교라는 형식이 중요한 게 아니라 그 형식 안에서 지금 담겨있고 살아서 우러나오는 내용이 중요하단 말이 되지요.

진리란 어떤 특정 종교 안에만 갇혀있을 그런 개념적인 물건이나 사상이 아닙니다. 예수 석가가 언제 종교를 스스로 만들었습니까? 다 후세사람들이 그들을 치켜세우며 자기들 생각대로 그들의 언행을 재해석하고 의미부여를 한 것이 오늘날의 종교들입니다. 그분들은 단지 자기가 깨달은 살아있는 진리를 생생한 그 모습 그대로 열심히 전해주려 했을 뿐입니다.

하지만 오늘날의 종교인들은 그분들의 가르침을 우리들 머리로 개념화하고 그것과 그것이 아닌 것으로 분리한 후 자기가 진리로 다가가는 것이 아니라 진리가 다가와서 자기편이 되어주길 바랍니다. 그래서 오히려 모든 종교나 수행단체들이 살아있는 진리를 자기편으로 끌어당겨 만들려고 애쓸 뿐입니다. 하지만 진리는 어느 편에만 속하거나 갇혀있는 그런 부분적이거나 개체적인 개념이나 사상이 아니거든요. 그것은 바로 지

금 여기에 살아있는 마음을 통해 나타나오는 섭리 같은 것이
지요.

Q: 그렇다면 선생은 종교다원주의자이시네요.

A: 끝없이 저를 단정하려 하시는군요. (웃음) 저는 누가 저를 신앙
인이냐 비신앙인이냐, 종교다원주의자냐 일원주의자냐고 분류
하고 해석하느냐에는 관심이 전혀 없습니다. 그것은 그분들의
생각이고 분류법입니다. 다만 저는 참진리라면 그 어떤 경우에
도 대상에 대해 옳고 그름을 따지면서 이것과 저것으로 나누고
배타적으로 행동하기보다는 옳고 그름 이전에 그를 사랑하고
품는 마음자세를 먼저 지향한다는 것을 말씀드리고 싶은 겁니
다. 성숙한 부모는 자식이 자기와 생각이 다르다 하더라도 그
를 분별해석하여 배척하기보다는 끝까지 사랑하지요.

Q: 그래도 이 세상을 살아가려면 어느 정도 선악을 나누지 않을 수는
없고 정도와 사도를 분별해야만 하지 않습니까?

A: 저는 지금 옳고 그름을 얘기하고 하는 게 아니라 이 모든 것을
만들어내는 것이 바로 마음이란 것을 계속 얘기하고 있습니다.
만드는 자를 잊고 만들어진 그것에 의지하여 분별하고 따지지
맙시다. 우리는 너무나 그런 삶의 방식에 젖어서 중독된 채 살
고 있습니다. 과연 누가 지금 이 순간에 자기가 의지해서 분별

하고 따지는 내용이 절대선이며 옳은 신(부처)의 관점이라고 장담할 수가 있겠습니까? 문제는 선이냐 악이냐에 있는 게 아니고 무엇을 선하다 또는 악하다고 보느냐 바로 그 관점이 문제란 것입니다. 대부분 역사의 오류는 바로 판단하는 자기(관점)를 먼저 돌아보지 않고 대상이 옳으냐, 그르냐만을 제가 가진 좁은 경험 속에서 따지고 들 때 생겨났지요.

Q: 선생님의 말씀은 모든 종교에는 다 진리가 있다는 말이 되네요.

A: 더 정확하게 말한다면 있을 수도 있고 아닐 수도 있다고 할 수 있겠지요. 하지만 진실로 마음자리를 깨우친다면 이런 이야기가 다 희론(戲論)에 불과함을 알게 됩니다. 어떤 종교에 진리가 있느냐 없느냐 하는 말 자체가 이미 틀린 것이며 정확하게 말한다면 우리가 이미 실재하는 진리인 마음을 가지고 희론을 벌이고 있는 것입니다. 즉, 있는 그대로의 진리를 보는 게 아니라 자기 생각 속에서 따로 개념적인 '진리' 조차 만들어내어 이게 옳다, 저게 옳다 하면서 분별하고 있는 것입니다. 그게 바로 생각하는 자기 능력에 휘둘려서 동물 수준은 벗어났지만 신의 영역까지는 나아가지 못하는 중간자(中間者) 인간의 한계입니다.

잘 사는 삶이란
어떤 것인가?

Q: 저 역시 제가 가르치는 학생들로부터 '어떻게 하면 잘 사는 거냐?' 란 질문을 자주 받는데요. 선생께서는 어떻게 답해주시겠습니까?

A: 저는 '나는 누구냐에 대한 자각(배움)과 성장이 있는 삶' 이라면 그 사람이 그 어떤 상황 속에 있든 간에 다 잘 사는 삶이라고 생각합니다. 하지만 자신에 대한 자각과 배움이 없는 삶이라면 자유란 이름하에 방종과 쾌락 또는 독단적 도그마로 흐르기가 쉽지요. 그런 삶은 아무리 돈을 많이 벌고 출세를 해서 당장은 재미있고 행복하거나 몰입할 수 있을지는 몰라도 먼 훗날에 가서는 후회할 수 있습니다.

Q: 하지만 '나는 누구냐?' 이것처럼 어려운 선문답이 또 있을까요? 그것은 깨달은 존재나 알 수 있다고 들었는데요.

A: 아닙니다. 그게 바로 깨달음에 대한 낡은 관념에서 나온 생각들입니다. 우리 피올라 마음학교에서는 '나는 누구인가?' 란 질문에 대해 아주 간결·명쾌하게 나란 '내가 지금 나로서 여기거나 인정하는 것' 이라고 가르칩니다. 우리는 매 순간 이런저런 '나' 들을 만들어가면서 삶 속에서 자기 마음이 만든 수많은 잘나거나 못난 나들을 경험하는 가운데 살아가니까요. 하지만 그어떤 나도 참다운 그때 당시의 부분적인 나일 뿐 그것이 나를 대표하는 진짜 참다운 나는 아닙니다. 진짜 참나는 바로 이렇게 수많은 나들을 창조하고 체험해 보는 본래마음인데 이는 곧 깨달음의 핵심이지요.

Q: 수많은 나들을 창조하고 체험해 본다 하니까 마치 본래마음이 성장하고 자라나는 식물 같다는 느낌이 드네요.

A: 예, 그게 바로 이 우주에 수많은 개체들이 창조되어 나타난 근본적인 이유라고 저는 봅니다. 그래서 자기가 모든 면에서 자꾸 자라나고 성장한다는 것을 느끼는 것, 이게 참 중요하다고 생각합니다. 공이나 무아를 체험하는 것은 사실 그 어디에도 머무르지 않은 채 살아있는 성질을 가진 마음을 깨닫기 위한

하나의 방편이지 공이나 무아가 되는 것 자체가 근본적인 수행의 목적은 아닙니다. 이것을 깨닫는 것이 저는 참 중요하다고 생각합니다. 그렇지 않으면 공이나 무에 빠지게 됩니다.

공이나 색, 유나 무는 다 같은 마음이 경험하는 마음의 한 단면들이지 그중 어느 하나만이 절대진리는 아닙니다. 이게 바로 존재의 본질인 마음을 꿰뚫어보는 것이며 삶의 본질을 가장 확실하게 경험하고 이해하는 것이지요. 내 마음이 공이나 무아란 것까지도 만들어 체험한다는 것을 깨닫는 사람들은 자기의 삶으로부터 나날이 더 풍성한 체험의 열매를 맺게 될 것입니다.

Q: 그 열매란 것이 구체적으로 어떤 것인가요?

A: 그것을 지금 제가 마음학교에서 가르침을 통해 전하고 있습니다. 굳이 말하자면 개념과 과거의 경험에 중독된 삶으로부터의 완전한 자유와 해방인데요, 그것은 개념적인 말로 표현하기보다는 새로운 체험과 느낌으로 배우셔야 합니다. 왜냐하면 감옥에 갇힌 사람이 자꾸 자유란 생각을 한다고만 해서 진짜 자유가 된 상태는 아니듯이 참자유는 직접 감옥을 벗어나야지만 실제로 온몸으로 다가오는 절절한 환희의 체험이자 느낌이니까요. 자유에 대한 논리나 개념이 아닌 실제로 완전한 마음의

자유함을 얻는 것, 바로 이것을 피올라 마음학교에서는 전하고 있습니다.

그렇게 되는 첫 번째 키(key)는 바로 삶과 자신에 대해 새로운 관점을 갖는 것인데요, 새로운 관점을 가지고 자기를 재인식하면서 삶을 살게 되면 눈앞에 펼쳐지는 삼라만상 일체가 다 생경하고도 경이로워서 과거와는 완전히 다른 새로운 세계가 눈앞에 나타나게 되지요. 그로부터 얻는 행복과 기쁨은 과거의 일상에서 맛보는 작은 행복이나 기쁨과는 비교할 바가 아닙니다. 저는 이것을 바로 '마음이 천국에 들어간 상태'라고 표현합니다. 이에 대해서는 제목을 바꾸어 다음 장에서 다시 다루어 봅시다.

어떤 관점으로
인생을 살 것인가?

Q: 선생께서는 삶과 자신에 대해 새로운 관점을 갖게 되면 눈앞에 새
   로운 세상이 나타난다고 말씀하셨는데요, 그렇다면 우리는 지금까
   지 낡은 관점으로만 살아왔다는 말인지 여하튼 이 말씀이 저에게
   는 굉장히 흥미로운 주제입니다. 삶을 다시 보는 새로운 관점이란
   게 대체 무엇인가요?

A: 저는 개개인들뿐만이 아니라 우리 인류 모두가 이제는 우리들
   자신과 세상에 대하여 낡은 과거의 관념을 버리고 새로운 관점
   으로 새롭게 시작하여야만 한다고 생각합니다. 그렇지 않으면
   인류의 미래는 지금보다도 더 부정적으로 되어갈 수밖에 없습

니다. 우리가 지금 눈앞에서 보듯이 인류는 지금 여기저기서 전쟁, 살인, 강도, 납치, 인신매매, 종교나 정치집단간의 극한 대립과 테러 등 나날이 더해가는 지옥을 창조하고 있으니까요. 제가 말씀드리고자 하는 이 새로운 관점이란 바로 우리가 본래 누구이며 인생이란 대체 무엇이냐를 근본적으로 다시 한 번 성찰해본 후에 삶을 제대로 다시 태어나듯이 처음부터 시작해보자는 것입니다.

Q: 글쎄요, 생각 하나 바꾼다고 정말로 삶이 근본적으로 바뀔까요?

A: 우리는 우리가 생각한 바로 그 존재입니다. 그러므로 나날이 우리가 생각하는 그것들이 바로 우리의 모든 것을 결정하고 마치 베틀의 씨줄과 날줄이 천을 만들어가듯이 우리의 삶을 완성해가는 것입니다. 저는 장담할 수 있습니다. 왜냐하면 제가 이 방법을 통해 완전히 바뀌었거든요.

Q: 그렇다면 지금보다 더 개선되고 나아지기 위해 우리의 생각을 어떻게 바꾸면 될까요?

A: 가장 먼저 우리가 바꿔먹어야 할 생각과 관점은 우리가 과연 본질적으로 무엇이며 누구인가란 것입니다. 이 우주의 무수한 동식물들 중에서 오직 우리들만이 자신을 문제 많고 나약하며 유한한 몸뚱이로 태어나 살아가는 불완전한 인간이라고 자신

을 비하해서 보고 있습니다. 하지만 이러한 자신에 대한 관점과 태도는 완전히 후천적으로 교육받은 것이며 어렸을 때부터 세뇌받아온 착각에 지나지 않습니다.

그러한 관점에 기안한 인류문명의 모든 것들 즉, 정치, 경제, 사회, 문화 그리고 종교에 이르기까지 모두가 다 우리들 자신을 문제 많은 존재라고 보는 데서부터 출발합니다. 하지만 이것은 우리가 후천적으로 부모나 앞세대로부터 일방적으로 주입받은 잘못된 생각과 관점에 불과합니다. 어린아이를 키울 때 어렸을 때부터 '너는 못났다, 본래부터 문제가 많다'고 주입하면서 가르친 아이가 더 잘 되겠습니까 아니면 '너는 본래 완전하다, 아무 문제가 없다'라고 가르친 아이가 더 잘 성장하겠습니까? 이것은 너무나도 명백한 문제입니다. 우리는 선배·부모세대로부터 다스리고 가르치기 좋은 집단의 구성원이 되도록 본래 부족한 존재라고 교육받고 세뇌당한 것입니다.

Q: 듣고 보니 아주 흥미로운데요? 그렇다면 우리는 본래 완전한 신적인 존재로서 태어났다 이 말인가요? 하지만 우리의 주변에서 보듯이 누구는 열등하고 누구는 수재로서 태어나는 것은 사실이지 않습니까? 우리는 우리 자신이 누구인지 모르는 채 태어났으며 어디로 가는지 모르는 채 죽어가지 않습니까? 이 장대한 우주 안에서

당신도 쉽게 깨달을 수 있다

우리가 아는 것보다 모르는 것이 훨씬 더 많지 않습니까? 이런 우리가 어떻게 완전하다고 말할 수 있습니까?

A: 그렇게 말씀하시는 것이 이해는 갑니다. 하지만 제 말을 한번 끝까지 들어보세요. 먼저 우리가 안다, 모른다 하는 것이 과연 무엇인지 다시 한 번 살펴봅시다. 그러면 우리가 무엇을 잘 모른다는 것이 곧 우리가 불완전하다는 것을 뜻하지는 않는다는 것을 알게 되실 겁니다.

성경을 보더라도 전지전능하신 하나님이 아담에게 이브가 필요하단 것을 미리 몰라서 나중에 가서야 이브를 재창조합니다. 또 인간을 창조한 것을 후회하여 물로써 다 심판하여 몰살시키기도 합니다. 게다가 에덴동산은 창조된 이래 현재까지 개점휴업상태입니다. 그 비효율성은 이루 말할 수가 없지요. 보기에 따라서는 이런 중대한 실수를 하는 하나님을 완전하시다고 성경은 말합니다. 왜냐하면 '온전하다' 함이란 있는 그대로의 한 존재를 아무런 비판 없이 온전하게 받아들인다면 그게 바로 완전한 것이거든요. 이게 바로 우리가 알아야 할 분별을 시작하기 이전의 '완전함'입니다.

선생님은 자신이란 존재와 스스로 가진 능력들에 대해 속속들이 다 안다고 생각하십니까? 예컨대 자신의 영혼이 무엇인지,

마음의 능력과 한계가 무엇인지를 마치 내가 만들고 짠 프로그램을 보듯이 속속들이 다 알고 계십니까?

Q: 그건 아닙니다. 사실 잘 모르지요.

A: 그렇지만 잘 몰라도 있는 그대로의 선생님은 지금 잘 온전히 존재하고 계시지 않습니까?

Q: 그렇지요. 그러고 보니 스스로에 대해 잘 모른다고 해서 내가 불완전하다고 말할 수는 없군요. 그것은 완전, 불완전의 문제라기보다는 알려고 끝까지 시도하고 노력해보았는지 아닌지의 문제라고나 할까요.

A: 예, 그렇습니다. 그게 정확한 답변입니다. 우리는 우리 자신에 대해 알아보는 것을 너무나도 쉽게 포기했습니다. 그리고 남들의 말대로 자신을 불완전하고 유한한 육체 속에 갇혀 생각하는 살덩어리(뇌)라고 정의하고 한정했습니다. 그게 바로 지금의 우리들을 만들어낸 원인 행위입니다. 제가 지금부터 말씀드리고자 하는 새로운 관점이란 바로 이것입니다. 콩 심은 데 콩이 납니다. 사람은 사람을 낳지 동물을 낳진 않습니다. 그러므로 우리는 곧 신입니다. 왜냐하면 태초에 신이 있었다면 그로부터 나온 그의 자손 또한 신이 아닐 수 없기 때문입니다.

그러니까 우리는 부족하고 불완전한 게 아니라 스스로에 대해

지금도 여전히 잘 모르고 있을 뿐인데 속단하고 있는 것입니다. 우리는 우리를 흙으로 빚어진 육체라고만 생각합니다. 하지만 죽은 사람을 보십시오. 그의 육체는 그대로 있지만 그 육체를 움직이는 정신과 마음은 그로부터 떠나가 버렸지 않습니까? 깊은 밤 잠을 잘 때 우리 몸은 그대로 잘 놓여있지만 우리의 정신은 존재하지 않습니다. 오히려 꿈속에서 다른 몸을 만들어 그 몸을 자기라고 여기며 활동을 합니다.

그렇다면 우리가 어떻게 이 육체입니까? 우리들은 정신이고 마음입니다. 진리와 하나 된 정신과 마음은 영원히 죽지 않습니다. 그것은 단지 자기가 누구인지를 일시적으로 잊어버릴 따름입니다.

Q: 우리가 몸이 아니라 마음이고 정신이란 말이 가슴에 와 닿습니다. 만약 우리가 우리 스스로를 그렇게 바꿔서 달리 보기 시작한다면 정말 많은 게 달리 보이기 시작하겠지요.

A: 예, 그렇습니다. 인간이 자신을 죽어 사라질 유한한 몸이라고만 여기기 시작한 이래 인류의 물질에 대한 소유개념이 만들어낸 수많은 문명이 바로 오늘날의 종교, 사상, 그리고 각종 법과 사회제도들입니다. 하지만 만약 우리 자신을 이 우주를 운행하고 움직이는 영원한 에너지와 섭리의 하나로 보는 관점을 가진다면, 그래서 이 몸을 벗는 게 완전한 소멸을 뜻하는 죽음

이 아니라 단지 물질차원에의 방문이 끝나고 다시 정신과 영적 차원으로 돌아가는 귀환으로 본다면 일순간 모든 것이 달리 보이기 시작하면서 우리 인류의 문명은 곧바로 고차원적인 영들의 존재방식과 신의 문명차원으로 도약하게 될 것입니다.

Q: 듣기엔 좋지만 그렇게 되려면 너무나 많은 기존의 관념이나 사상들과 부딪치기 때문에 필연적으로 혼란이 생길 것 같습니다만.

A: 지금 이 지구상의 어느 인간도 지금 이대로의 인류의 정신적 수준에 만족하는 사람은 없습니다. 과거 사회제도를 타파하는 르네상스가 인류문명에 큰 영향을 끼쳤다면 이제는 정신적인 새로운 르네상스 시대를 열어가야 합니다. 이제 과거의 관점과 생각으로는 안 됩니다. 이제는 신인류, 초인류에 맞는 새로운 사상과 관점이 대두되어야 합니다.

그러려면 변화를 두려워해서는 안 됩니다. 남아프리카공화국의 만델라 전 대통령을 보십시오. 그 한 사람의 정신과 마음이 나라를 바꿨습니다. 한 인간이 가진 위대한 정신과 관점의 힘을 간과하지 말아야 합니다. 그것이 올바른 방향이라면 그것이 곧 신의 관점이자 정신이기 때문입니다. 이제 인류를 구원하는 길은 과거적인 방법만을 찾을 게 아니라, 우리 인간들 자체가 환경과 시대를 초월하여 살아남을 수 있는 우수한 종으로 탈바꿈하여야 합니다. 그러기 위해서는 우리 모두 하나하나가 가진 자기 자신에 대한 관점부터 바꿔야 한다는 것입니다.

Q: 말씀을 듣다 보니 니체의 초인사상이 생각나는데요?

A: 니체는 '신은 죽었다' 라고 말했습니다. 하지만 저는 신이 죽었다는 게 아니라 '우리의 참된 모습이 신이다' 라고 말하고 싶습니다. 그러므로 과거의 만들어진 신에게 매달릴 게 아니라 전설적 영웅들만이 소유하고 만났던 우리들 자신 안에 살아계신 진짜 신을 기억해내고 되찾아내야 합니다.

사람의 마음은 자기가 자기로서 여기는 그것이 되어갑니다. 이것은 우리가 인류역사 안에서 수없이 목도한 만고불변의 진리입니다. 우리는 그런 사람들에게 '신이 같이 하였다' 고 찬사를 보냈지요. 하지만 이제는 우리 모두가 다 그렇게 될 차례입니다. 그러기 위해서 먼저 우리가 유한하고 불완전하여 죽을 수밖에 없다는 과거의 고정관념을 깨부수고 우리 안에서 잠자던 신성의 정신과 신의 마음을 되살려낼 때입니다. 이 말은 기존의 종교를 고수하려는 종교인들에게는 청천벽력과도 같은 도전적인 말이 되겠지요. 하지만 꿈에서 깨어나려면 과거 꿈속의 것들은 다 잊어버려야 합니다. 저는 이것이 모든 종교와 사상이 나아갈 인류의 마지막 희망이라고 굳게 믿습니다.

한국종교가
나아갈 길

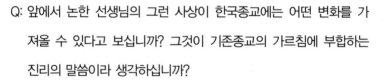

Q: 앞에서 논한 선생님의 그런 사상이 한국종교에는 어떤 변화를 가져올 수 있다고 보십니까? 그것이 기존종교의 가르침에 부합하는 진리의 말씀이라 생각하십니까?

A: 먼저 기독교에 대해서 말해봅시다. 저는 개인적으로 저 자신을 그리스도인이긴 하지만 기독교인은 아니라고 표현합니다. 왜냐하면 기독교는 예수에 의한 예수의 종교가 아니라 바울이 해석한 바울의 생각이 만든 예수교이기 때문입니다. 그 대표적인 것이 기독교의 배타성인데요, 저는 진정한 사랑에는 이런 조건부가 붙지 않는다고 생각합니다. 사실 기독교의 이런 자기 정

체성 확립을 위한 배타성은 역사상 수많은 불필요한 종교재판과 전쟁을 불러왔으며 지금까지도 유럽과 미국에서 이슬람권과 기독교문화권의 충돌로 인한 후유증을 앓고 있지요.

Q: 하지만 성경에서도 보듯이 예수도 어느 정도 타종교에 대한 배타적인 발언을 하지 않았습니까?

A: 그것은 그 본질이 물질이나 쾌락을 추구하는 삶과 대립되는 하나님에 대한 올바른 이해와 사랑을 따르는 삶을 살라는 취지의 말씀이었지 네 종교와 내 종교를 편 가르는 말씀은 아니지요. 의로운 사마리아인에 대한 비유에서도 보듯이 예수는 우리 민족, 우리 종교만을 옳다 하며 지키자는 말이 아니라 그 사람이 누구든 어디 출신이든 무슨 사상을 갖고 있든 간에 진정으로 하나님의 사상과 뜻을 따르는 것이 바로 종교의 본질이란 말씀을 하신 것이라고 저는 봅니다.

다시 말해서 어떤 사람이 참다운 그리스도인이냐 아니냐를 외형적인 말이나 생각으로만 따지고 분별하기보다는 그가 살아가는 모습 속에서 과연 그가 하나님의 말씀대로 살고 있느냐를 더 우선시하여야 할 것이라고 저는 판단합니다.

특히 저는 한국사회의 부조리와 기독교의 한국적 부흥에 대해 흥미를 많이 가지고 있는데요, 한국사회는 지금 이혼율, 교통

사고율, 스트레스로 인한 정신질환율, 암 사망률, 상호배려가 부족한 데서 오는 사회적 스트레스 현상 등에서 세계 1~2위를 다투는 나라입니다. 그런데도 한국교회는 세계 10대 대형교회 중에서 7개가 한국에 모여 있다고 할 정도로 부흥하고 있다고 합니다. 그가 몸담고 있는 문제 많은 토양과는 전혀 상관없이 혼자서만 잘나가는 이런 현상이 무엇을 말하는 것일까요?

구체적인 예로서 대다수 교회는 다른 나라에 한국교회의 부흥을 이룬 여세를 몰아 종교전파를 위해 해외에 두루 선교사를 보내고 있는데요. 선교사 파송수에서도 역시 세계 1~2위를 다투고 있습니다. 참 아이러니하지 않습니까? 그 교회가 속한 자기 사회는 이렇게 병들고 문제가 많은데 우리가 예수의 가르침을 따르는 데 성공하고 부흥했다고 하면서 해외에 선교를 하러 나간다는 현상이 말입니다.

저는 자기가 속한 사회의 병리현상조차 제대로 치유하지 못하면서 이런다는 것이 본말이 전도된 것이라고 생각합니다. 문제의 핵심을 제대로 보지 못하고 있는 것이지요. 우리나라의 대다수 교회들이 스트레스 많은 갈급한 시민들의 마음을 타고 급성장한 나머지 형식과 외형주의에만 치우쳤지 교회가 진실로 추구해야 할 참모습을 잊어버린 게 아닌가 심히 염려합니다.

Q: 수신제가치국평천하를 하자는 말씀이네요.

A: 그렇습니다. 또 기독교가 올바른 방향으로 나아간다면 우리 사회에도 당연히 긍정적 효과가 흘러넘쳐야 할 것이 자명합니다. 그것이 없다는 것은 한국기독교가 추구하는 것이 과연 무엇인지, 그 본질이 개념적이고도 이기적인 자기구원의 영역 안에만 머무르는 것은 아닌지, 깊이 성찰하고 변화해야 할 때라고 생각합니다. 한국교회가 진짜로 구원받았다면 한국사회가 당연히 긍정적인 영향을 받아야지 지금처럼 이럴 수는 없다고 저는 생각합니다.

Q: 불교에 대해선 어떻게 생각하십니까?

A: 불교는 한마디로 기독교보다 더 위기라고 말할 수 있지요. 한국불교는 스스로 대승불교라고 주장하지만 지금까지 중생 속으로 다가가 봉사하는 게 아니라 자칭 삼보라 하면서 중생으로부터 모심만 받으려 합니다. 권한과 이권 다툼에만 관심 많았던 한국불교의 일부 승려들이 그동안 보여준 과거들을 보십시오. 게다가 불교의 가르침이나 대중을 도외시한 채 선방 위주의 현실을 떠난 폐쇄적인 수행으로 만 명에 하나 정도 극소수의 깨달은 사람을 배출하는 현 화두선 지상주의의 불교수행문화가 어찌 대승적이라고 말할 수가 있겠습니까? 말은 대승이

라 하지만 실제로 일어나는 일들은 나만 옳다 하면서 서로 다투는 꼴이니, 사실 소승적이라고 말하기조차도 부끄러운 현실 아닙니까?

Q: 제가 보기엔 한국불교에는 수행을 열심히 하지 않으면서도 자칭타칭 깨달았다는 스님들로 넘치는데요? 오히려 열심히 하시면서도 자기 스스로 아직 못 깨달았다고 말하는 겸손한 분이 드문 것 아닌가 합니다.

A: 그 말씀이 제 말과 서로 일맥상통하는 말씀이지요. 불교의 지도자분들이 후배양성에 열심이지 않고 다른 데나 관심을 가지면서 오히려 자기 제자 중에 나만한 그릇이 드물어서 인가해줄 만한 사람이 없다는 말까지 하는 큰스님이 계시니 부처님 밥을 먹으면서 이 얼마나 무책임한 말입니까?

한마디로 내가 진리를 다 안다는 제일로 도가 높다는 사람들은 많지마는 정말로 심성이 된 자비스러운 지도자는 드물어 보인다는 데 문제의 심각성이 있습니다. 권한이 커지고 계급이 높아지려는 스님들은 많아도 모든 사람들로부터 널리 존경받는 큰마음을 가지신 사심 없는 성직자는 드물어요.

Q: 사람들에 대한 말은 이 정도로 하고 가르침에 대해선 어떻습니까?

A: 저는 한국불교가 아직도 색즉시공에만 얽매여있지, 공즉시색

쪽으로는 많이 부족하다고 생각합니다. 한마디로 깨달음의 방편인 무아니 공 얘기만 너무 하다 보니까 이제는 현대사회에서 가장 필요한 현실에 대한 능동적 창조성이 마비된 감이 있어요. 즉, 현실을 부정하고 허상이나 무다 공이다 하면서 떠나고 놓고 버릴 줄만 알지, 현실에 얽매이지 않고 대자유하게 재창조하고 사회에 기여하면서도 그에 매이거나 걸리지 않는 큰 에너지를 가진 마음을 증득하는 데는 많이 미흡하단 말씀입니다.

Q: 색즉시공이란 '모든 게 다 공하고 머무르지 않는다'는 뜻이고 공즉시색이란 '그 공이 무한하고 무진장한 공이라 무한히 꺼내 쓰고 재창조한다'는 뜻으로 쓰신 건가요?

A: 예, 그렇습니다. 사실 무나 공에 대해서 제대로 알고 있는 사람들이 드문데요. 다들 자기가 사회에서 배워서 안 개념적인 무나 공을 가지고 불교의 무나 공을 생각하거든요. 하지만 불교의 무나 공은 '없다'거나 '비었다'라는 뜻이라기보다는 '실재하지 않는 허상이다'라든가 '그 어디에도 머무르지 않는다'란 뜻에 더 가깝습니다. 그러니까 없어도 있는 듯하거나 또는 있어도 없는 듯하단 것이고, 이거다 저거다 하며 우리가 아는 개념과 생각 등으로 표현하거나 붙잡을 수 없단 뜻이라는 거지요. 그럼에도 불구하고 일반인들은 자기가 배워 안 '없다'나 '비었

다' 를 가지고 표현하고 붙들거든요. 그런데 보면 가끔 불교학자나 승려분들까지도 그래요. 그러니까 자기가 배우고 훈습되어버린 개념세계에서 벗어날 수가 없지요.

Q: 여하튼 그런 뜻이라면 굉장히 긍정적이고 능동적일 수가 있겠네요?

A: 예, 제가 말씀드리고자 하는 요지가 바로 그것입니다. 여태까지 과거의 불교 문구들을 해석하는 방식은 뭐든지 도피하고 벗어나고 놓고 버리고 떠나는 것 위주였어요. 하지만 그래서는 소극적이고 수동적이라서 결코 인류가 봉착한 문제들을 개인적으로는 해결할지 모르나 사회 전체적으로는 해결하지 못합니다.

불교의 목표가 개인적인 고뇌에서만 벗어나는 해탈이냐 아니면 마음에 대한 깨달음을 통한 지상이나 사후세계에서의 변함없는 불국토건설이냐, 이것을 분명히 해야 합니다. 이런 의미에서 저는 원효스님께서 주창하신 '정토사상'이 오늘날 다시 부활하여야 한다고 생각합니다. 저는 현대불교는 그렇게 공즉시색적인 관점에 입각하여 긍정적이고도 능동적인 사회참여와 인류문명에의 기여를 하면서도 그 어디에도 머무르거나 집착하지 않는 색즉시공적인 관점이 잘 조화되어야 한다고 믿습니다.

Q: 하지만 여태까지의 불교는 그렇지 못했다고 보시는 것이죠?

A: 예, 그렇습니다. 현실에 대해 수동적이고 부정적인 관점을 갖

게 하는 면이 많았으니 결국은 색즉시공적인 면에 많이 치우쳤다고 봅니다. 그리고 이것은 정해진 법이 없는 마음 위에 법을 세우는 결과가 되고 말았던 것이지요.

마음공부는
어떻게
해야 하는가?

Q: 그렇다면 선생님은 우리가 어떻게 마음공부를 해야 한다고 생각하
십니까? 여전히 지금 불교에서 가장 중요시하고 있는 기존의 화두
참선법이나 마음챙김(위빠사나)법이 가장 바람직한 방법들이라고 보
십니까?

A: 우리는 무엇을 할 때에 항상 무엇을 어떻게 하느냐에만 집중하
고 있습니다. 이는 마음공부도 마찬가지입니다. 하지만 이것
역시도 우리들이 빠져있는 습성입니다. 그래서 이런 과거의 습
관에 빠져있는 한 여전히 우리는 진짜 중요한 것이 무엇인지를
모르고 있습니다.

당신도 쉽게 깨달을 수 있다

저는 무엇을 어떻게 하느냐보다도 더 중요한 그것은 바로 주인공인 '누가 하느냐'의 문제라고 생각합니다. 아무리 무엇을 어떻게 하라고 가르쳐주어도 어떤 사람은 되고 어떤 사람은 안 되거든요. 그것은 바로 주체인 주인공의 문제지요. 그러므로 무엇을 어떻게 해야 되겠다 하고 무작정 공부를 시작하는 것보다 더 중요한 것은 대체 지금 누구 혹은 무엇이 나의 본질이며 무엇이 마음공부를 하겠다는 것인가를 먼저 정확하게 통찰해보는 것이 훨씬 더 중요한 일입니다.

Q: 그야 당연히 지금 '나'라고 생각하는 이 존재가 공부하는 게 아닌가요?

A: '나'라는 것은 생각이 만든 개념에 지나지 않습니다. 그래서 그것은 실재하는 게 아니라 잠시 잠시 생각 속에만 나타났다가 또 사라지기도 하는 허상의 신기루 같은 존재입니다. 우리가 하루 종일 계속해서 나란 생각을 하고 있는 것은 아니지 않습니까? 그렇다면 우리가 나란 생각으로 된 개념을 나로서 여기고 있지 않는 그 나머지 상태 속에서 우리는 대체 무엇일까요? 그에 대해서 생각해 보셨습니까?

Q: 그것은 생각하지 않는 상태이거나 멍한 상태이겠지요.

A: 지금 선생님은 '생각하지 않는 상태' 혹은 '멍한 상태'란 생각

과 개념을 다시 만들고 있습니다. 이렇게 선생님은 자기 언어가 만든 관념세계 속에서 한 발자국도 그 바깥으로 나오기가 힘든 상태에 계십니다. 그러한 생각이나 개념이 다 멈추었을 때 거기엔 대체 그 무엇이 남아있게 될까요?

Q: 그것이 바로 마음과 의식이 충만한 상태 그 자체가 아니겠습니까?

A: 선생님은 또다시 '마음과 의식이 충만한 상태' 라는 생각과 개념을 동원하고 계십니다. 그 말 자체가 곧 마음과 의식이 충만한 상태 그 자체는 아닌 것은 아시겠지요? 그 말은 단지 어떤 마음상태를 가리키는 손가락일 뿐입니다. 말은 허상이고 단지 가리키는 지칭대명사일 뿐 그것이 바로 가리켜지는 실제는 아닙니다. 그것을 온전하게 그대로 전하려면 아무 말도 할 수가 없게 되고 결국은 침묵할 수밖에 없습니다. 제가 말씀드리는 것을 아시겠습니까?

Q: 예, 이해하겠습니다.

A: 대부분의 사람들은 이렇게 이해하는 것으로 다 알았다고 착각합니다. 하지만 이해하는 것 역시도 생각과 개념 속의 일입니다. 그래서 실제로 깨달음이란 가르치거나 이해할 수가 없으며 단지 온전한 그대로를 전할 수밖에 없는 것입니다.

그런 까닭에 저는 생각과 개념을 동원해서 무엇을 어떻게 하라든지 또는 이래라저래라 하는 수행법들을 다 돌아가는 길이라고 봅니다. 그것은 '마음을 바로 가리키는 법'이 아니며 그저 '마음을 찾는 법에 대해 이해시키는 방편'에 불과합니다. 화두참선이든 위빠사나든 개념과 생각을 사용하여 씨름하는 한은 다 여기에 해당합니다. 그래서 저는 주인공인 나를 놔둔 채 무엇을 어떻게 하라는 법들보다는 바로 주체인 '나는 무엇인가?'를 곧바로 찔러 들어가는 법이 훨씬 더 효율적이며 나은 방법이라고 생각합니다.

Q: 이해는 됩니다만 '나는 무엇인가?'라고 관찰한다 해도 결국은 개념적 생각에 그칠 뿐 아무것도 보이지 않을 텐데 그게 어디 쉬운가요?

A: 어렵다, 쉽다 하는 모든 평가들은 일반인들이 스스로 해 보지도 않고 하는 말들입니다. 제가 소개하는 대로 한 번이라도 해 보셨습니까? 안 해 보고 그냥 생각으로 '어렵겠다'라고 평가하신다면 이 길은 선생님에게는 진짜 어려운 일이 됩니다. 왜냐하면 내 마음이 이미 그렇다고 보기 시작했기 때문입니다. 이 세상에 스스로 어려운 일이나 쉬운 일은 없습니다. 다 제가 그렇게 어렵다거나 쉽다고 보고 있는 것뿐이지요.

선생님은 어머님의 사랑을 아시지요? 그것이 눈에 보입니까? 보이지 않는데 어떻게 있다고 아십니까?

Q: 그야 어머님으로부터 사랑을 많이 받았고 지금도 그 사랑을 느끼고 있으니까요.

A: 마찬가지입니다. 마음을 깨닫는다는 것은 그렇게 이루어지는 것입니다. 그것은 그래서 가르치거나 이해하는 게 아니며 단지 자각을 통해 눈뜨거나 혹은 선각자에 의해 전해지는 것입니다. 석가의 깨달음이 마하가섭 존자에게 전해졌고 예수의 신앙심이 그 제자들에게 가르쳐지거나 이해된 게 아니라 그냥 그대로 그들의 영혼과 가슴에 옮겨갔듯이 말입니다. 그렇게 진리를 보고 인식하는 눈을 뜨는 것뿐입니다.

제6부

피올라 마음학교로 인생이 바뀐 사람들

거듭나기(Born2)
프로그램의
원리 소개

세상의 다른 수행법들은 무엇을 어떻게 하느냐에 집중하지만 거듭나기 프로그램은 과연 누가 지금 이 수행이란 것을 하느냐에 집중합니다.

우리가 아는 나란 것은 사실은 깊이 분석해보면 '느낌+감정+생각' 의 조합체일 뿐이며 그것을 만드는 실제 주인공은 마음(의식의 활동)입니다. 그러니까 우리가 알던 나는 다 의식의 활동 속에 있는 허깨비 같은 존재이지, 그 이상 가는 고정불변의 특별한 존재가 아니란 말입니다.

그래서 가짜 나이며 본래 무아라고 말합니다. 그러면 진짜 나는

당신도 쉽게 깨달을 수 있다

무엇이며 어디에 있는 것인가요?

진짜 나는 이 모든 작업을 행하는 마음 그 자체입니다.

마음을 현대 양자물리학으로 말하자면 '양자활동의 일정한 존재방식'입니다. 그러니까 우리 역시 이 우주의 근본요소인 양자활동의 일정한 존재형식이란 말씀입니다. 그것을 옛날 말로 마음이다 도(道)다 혹은 신이다 법이다 하고 말해왔던 것이지요. 그러나 이 자리를 깨우친다는 것이 참 보통 어려운 일이 아니었습니다.

왜냐하면 인간이 언제부터 인간이 되었는가 하면 바로 인간집단 안에서의 교육을 통해 마음이란 공테이프에 나는 누구다란 것을 주입·기록시키고 너는 마땅히 이래야 한다라는 것을 교육받음으로써 비로소 사회의 구성원인 개체인간이 되기 때문입니다.

그 이전, 그러니까 갓난아기일 땐 우리는 그냥 의식이고 본래마음이며 인간이 아직 아닌 미지의 그 무엇일 뿐인 거지요. 이렇게 텅 빈 공테이프 같은 마음을 본래마음이라고 합니다. 하지만 이 빈 마음은 그저 비어있기만 한 게 아니라 무한히 자기를 창조하고 체험하면서 변신해나가는 능력을 가진 불가사의한 존재인 것이지요. 그래서 몸을 벗어도 그 마음이 살아남아 빙의되거나 또는 윤회도 일어나는 것입니다.

즉, 우리가 알던 과거의 나는 한마디로 말해서 내가 살아온 마음의 피조물이라 할 수 있습니다.

어디 비단 우리뿐인가요? 세상 모든 것이 다 우주마음(본래마음)의
피조물이며 자식입니다.

사실 우리가 어려서부터 여태까지 해온 것은 바로 이 나 만들고
체험하기입니다.

즉, 마음이 끝없이 '느낌+감정+생각(느감생)' 작업을 통해서 이런
저런 나를 만들고 그 나들의 총합체를 나라는 관념이나 기억으로 묶
고 엮어서 철석같이 그것을 자기라 믿고 있지요.

하지만 이게 바로 꿈꾸는 것이란 말입니다. 왜냐하면 실재하는 것
은 오직 마음의 움직임(양자활동)밖에 없기 때문입니다. 그래서 거듭
나기 프로그램은 처음부터 '나는 누구이며 무엇인가?' 를 스스로 깨
닫게 하는 데 주력합니다. 우리가 평생 해온 것이 바로 이 '나 만들
고 체험하기' 작업이기 때문에 이것을 거꾸로 붙들고 들어가야 하는
겁니다.

그렇지 않고 이미 만들어진 '느감생' 의 보따리를 갖고 다시 무슨
화두참선이나 위빠사나, 죽이고 버리고 놓고 등등의 수행을 아무리
한다 해도 자기 자신을 철석같이 잘못 알고 있으면서 무슨 수행을
하여 따로 무엇을 더 얻겠다 하니 이미 첫 단추부터 잘못 꿰어진 것

입니다. 그래서 거듭나기는 나를 만드는 6가지 환상요소인 식스존에서 벗어나는 법부터 가르치는 것입니다. 즉, 나로부터 벗어나 마음 자체로 존재하는 것이 바로 깨달음의 지름길이란 것입니다.

그래서 항상 '나는 누구인가?' 를 스스로 묻고 매 순간 '나는 이 모든 것을 다 만드는 마음이다' 를 자각하여야 합니다. 마음자리를 한번 확실하게 자각하면 마음이 만든 내용물에 다시는 떨어지거나 빠져들지 않습니다. 이것은 진정으로 새로운 존재방식이며 과거 나 만들기에 중독된 잠재적 업습(이것을 '무명[無明]' 이라 합니다)에서 벗어나는 길입니다.

현재 한국불교는 아직도 색즉시공만 찾고 있지마는 사실은 공즉시색도 똑같이 중요한 깨달음의 법입니다. 공즉시색이란 다시 말해서 매 순간 그 어디에도 머무르지 않고 새로운 창조를 지속해나간다는 것입니다. 사실 색즉시공만 붙들다 보면 현실적인 사업이나 생활을 할 수가 없게 되지요. 이게 바로 과거 한국불교가 타종교로부터 염세적이라든지 현실부정의 허무주의라고 비판받은 주요 원인입니다.

하지만 거듭나기는 현실이 곧 살아있는 마음의 운동장이라고 말합니다. 고로 현실이 곧 수행터이자 지속적으로 새로운 나를 창조체험하는 무대입니다. 그래서 현실을 중시하면서도 현실에 빠져들지 않은 채 항상 더 새로운 상위자아의 나를 지향하게 합니다. 즉, 그 어디에도 구속되거나 매이지 않으면서도 동시에 허무나 공에 빠지지 않은 채 더 성숙한 방향으로 나아가는 것입니다. 한마디로 응무소주이생기심이라고나 할까요.

또 거듭나기 프로그램의 헤븐존과정(중급과정)은 마음자리를 직접 느끼고 체험하게 하여 전하며 동시에 뉴식스존으로 거듭 깨어난 삶을 살게 합니다. 이것은 공즉시색에 입각한 새로운 자기창조와 표현을 체험하게 함으로써 그 안에서 자아실현을 하게 하며, 동시에 그에 머무르지 않고 순수한 마음 그 자체로서 다시 한 번 더 초월하는 기쁨을 맛보게 하는 것입니다. 이것이 종래의 공이나 무아만 붙들던 관념주의적인 한국불교문화와 획기적인 차이입니다.

사실 이것만으로도 거듭나기는 유대교나 가톨릭에 대한 개신교처럼 과거 한국불교에 대해 새로운 차원의 불교라고도 말할 수가 있습니다. 하지만 거듭나기의 기본원리는 불교란 틀 안에만 머무르지 않으며 기독교나 유교 등 그 어떤 다른 종교의 교리에도 다 훌륭하게 적용되며 전혀 모순되지 않습니다. 참으로 옳은 진리라면 그 어떤 사상이나 사고체계와도 모순되거나 배타적이지 않아야 합니다. 진리가 품을 수 없는 것은 없으니까요.

마지막으로 거듭나기 프로그램은 마스터과정을 둠으로써 마음을 깨달은 자가 다시 옛날의 그 업습 속으로 퇴전하지 않도록 확실하게 마음으로서 깨어나 마음 그 자체로 존재하게 하는 보림과정을 두고 있습니다. 마스터과정은 물질육체인 사람을 다차원적인 전지전능한 마음의 존재로 온전하게 변화시키는 과정입니다.

얼음을 녹여 기화(氣化)하는 수증기로 만들면 그 본질은 같지만 활동성이 놀랍게 변하고 전혀 다른 자유롭고도 무애자재한 존재성으로 변화하듯이, 고체의 몸을 나라고만 여기는 그 낮은 의식에서 벗어나게 하여 4차원 이상을 넘나드는 기화(氣化)된 마음과 의식체로 변화시키면 전혀 다른 삶을 창조표현하면서 살게 되는 것입니다. 마치 땅바닥을 기어 다니던 존재가 하늘을 날게 되는 경이로운 변화체험의 차이라고나 할까요.

이것이 바로 거듭나기 프로그램이 목표로 하는 것입니다. 정해진 과정을 마치고, 선문답 시험을 통과하고, 그런 형식적인 게 중요한 것이 아닙니다. 진짜로 중요한 것은 내가 과연 살아 숨 쉬는 천지본래의 다차원적인 마음으로 전환하여 순수한 본래마음자리 그 자체로 계합하였는가 하는 것입니다. 이것이 안 되면 아무리 눈 감고 앉아서 법복을 입고 폼 잡고 멋진 선문답을 하여도 다 소용없습니다.

수증기가 물이 되고 얼음까지 내려와서 고체의 존재방식에 갇힌 차갑고 답답한 그 삶을 살다가 본래로 돌아가 기체화된다면 그 얼마나 자유롭고 경이롭고 황홀하겠습니까? 무릇 마음공부를 하는 사람은 이렇게 본래가 순수한 마음(우주본래요소)이지, 마음이란 공테이프 위에 기록된 허상의 정보 속 존재가 아닌 것을 한시도 잊으시면 안 됩니다.

그러므로 돈도 좋고 출세도 좋지만 그런 것에만 매여 허송세월하지 말아야 합니다. 인간환상세계에선 돈이 힘이지마는 진짜 우주법계에선 마음이 돈이고 힘입니다. 이것을 깨닫는다면 진실로 자기를 변화시키고 진리다운 대자대비한 사랑과 불가사의한 지혜로 충만한 삶을 시작하게 됩니다. 머리로 알음알이로만 마음공부에 대해 알고 실제로 자기 자신은 전혀 변화하지 않은 채 과거의 정체성을 연장할 뿐인 그런 존재방식의 삶을 이제는 끝내야 합니다.

알지만
말고 되어라

그대가 정말 순수한 마음이 되시려면 머리로 아는 데 그치지 말고 진짜로 변해서 되어야 합니다. 마음이 된다는 것은 첫째로 나의 모든 일거수일투족 속에서 그 느낌, 감정, 생각들에 빠지지 않은 채 그것들을 만드는 원재료 같은 존재인 마음으로서의 자신을 자각하여야 합니다. 마음을 소극적으로 챙기는 데서 끝내라는 게 아니라 더 능동적이고도 적극적으로 마음 그 자체의 움직임 자체를 늘 자각하며 주도하여야 합니다. 그러면 모든 게 다 정말로 점점 더 새롭고 신기해집니다.

알고 보면 내가 손 하나 움직이고 발 하나 옮겨놓는 게 경이롭고 신기해질 때 당신은 순수한 마음입니다. 하지만 "내가 다 알아! 다 뻔한 거라고!" 할 때 당신에겐 이미 알고 모른다는 경계가 나타났으며 마음이 지어낸 내용물인 개념적 분별 속에 빠져있는 것입니다.

일상에 다가오는 모든 경계들 속에서 좋은 일이든 나쁜 일이든 감사를 많이 하십시오. 저는 아침에 일어나서 잠시 존재의 본질에 대해 가슴으로 감사기도를 합니다. 그러면 그럴수록 신기하게도 내 마음은 더욱더 순수하고 깊은 차원으로 나아갑니다. 삶 속에서 다가오는 모든 어려움들을 감당하고 이겨낼 더 새로운 힘을 얻습니다. 진짜 마음공부란 것은 내가 현명해서 도를 하거나 내가 잘해서 깨달음을 얻는 게 아닙니다.

깨어나 보면 '나' 란 것 자체가 마음이 만들어 선물해준 환상이며 피조물입니다. 그러니 마땅히 지금의 이 놀라운 경험에 감사해야지요. 그러면 그럴수록 더 마음은 삶의 모든 일상 순간 속에서 신비하고도 경이로운 비의(秘意)를 보여줍니다.

신(진리) 앞에서 겸손함의 극치는 자기를 종이라 부르는 것이 아니라 자기를 완전하게 비움이며 무아의 상태로 만드는 것입니다. 그래야만 비로소 신(본래마음, 부처)께서 그대란 현상적 존재에게 존재의 비밀을 열어 보여줍니다. 내 속에 깨달은 나가 살아있거나 내가 이 정도 했는데 하는 아상이 남아있는 한 그대는 결코 그 이상으로 더 나아갈 수가 없습니다. 이렇게 자기 자신을 내어맡기고 열어두는 것이 사실 최고의 수행하는 자세입니다. 그리고 이것이 바로 공부하지 않는 공부이며 수행하지 않는 수행입니다. 그러므로 더 알고 얻으려 하지 마시고 다만 순수한 마음 그 자체로 존재하려고 노력하십시오. 이것이 옳은 공부방법이자 기도방향입니다.

두 번째로는 스스로에 대한 그 어떠한 상(相)도 갖지 마십시오.

나는 어떤 얼굴을 가졌으며, 어떤 사람이며, 무엇을 좋아하고, 어디가 약하고, 어디가 안 좋고, 지금 뭐가 문제라는 등등의 상념을 그대로 갖고 있는 한 그대는 아직도 잠재의식 속에서 몸에 매여 있습니다. 내가 지금 어느 정도까지 공부했다는 그런 것도 일체 다 잊어버려야 합니다. 저는 저를 몸이 아닌 무한한 허공이나 우주로 변하는 체험조차도 겪게 하는 그 이전의 초차원적 섭리이자 신비로운 존재로서 일체의 체험을 다 넘어서 있다고 느낍니다. 그 어떤 것과도 자기동일시 하지 않을 때, 그래야만 정말로 놀라운 변화가 근원으로부터 일어날 수 있습니다.

절대 자기 자신이나 내 삶에 대해 그것이 '어떤 것이다'라고 정의하거나 평가하여 마음속에 지니지 마십시오. '이것이 궁극적 진리다' 라든가 '이게 옳고 그것은 틀렸다'라는 법을 만들어 갖지 마십시오. 그러면 스스로 자기가 만든 법 속에 갇히게 됩니다. 다시 말해

진리에 대한 상을 만들어 스스로가 대자유로 변하지 못하게 자기 마음만 구속하고 붙잡는 결과만 초래됩니다. 단지 순수한 마음으로서 눈앞에 닥친 할 일을 하면서 살아 움직이는 겁니다. 왜냐하면 당신의 본질적 정체는 바로 본래의 순수한 마음 바로 이것이니까요. 그럴 때 비로소 당신에게는 놀라운 일이 일어나기 시작할 것입니다.

세 번째로는 자기에게 너무나도 당연했던 명제나 생각, 가치관들을 놓아버리십시오.

그것들이 제아무리 옳고, 당연하고, 아름답고, 선하더라도 그것들은 결국 당신의 더 큰 성장과 열림을 가로막는 장애물들입니다. 다만 그 겉모습이 아름답고 선하고 옳을 뿐입니다. 지금 당신에게 악해지라거나 방종하라고 하는 말이 아닙니다. 흑백논리로만 생각하지 마세요. 그것도 틀입니다. 다만 내가 만든 일체로부터 벗어나 스스로 자유로워지라는 것입니다.

내가 알던 과거의 자랑스러운 '나'로부터도 자유로워지십시오. 아는 것들에 대해 생소해지고 새로움을 보게 되며 동시에 생소한 것에 대해 친숙해지십시오. 이 말은 명재계 속에서 암재계를 보고 만나며, 암재계 속에서 명재계를 보고 느끼란 것입니다. 그럴 때 드디어 당신에게도 순수한 마음이 자기의 진면목을 드러낼 것입니다. 초차원적인 존재는 3차원적인 사고방식이나 틀에 박힌 관점 속에선 나타나 감지될 수가 없습니다.

이렇게 순수하며 자유롭게 존재하기 시작할 때 그대에겐 심안이 열리기 시작할 것입니다. 그리고 더 나아가 존재 그 자체의 경이로움을 자각하고 매 순간 신비한 섭리적 존재(마음)가 그대를 살며 그대를 경험하고 있음을 눈치 챌 것입니다.

이것은 과거의 느낌이나 감정이나 생각이 아닙니다. 하지만 동시에 그것을 완전히 떠나있는 것도 아닙니다. 마치 바다가 파도보다 더 깊은 곳에 있지만 동시에 그 표면에 일어나는 파도를 버리고 떠나있지 않듯이 그대는 자기 내면 속 더 깊은 곳에 위치하고 있음을 자각하게 될 것입니다.

그대는 이러한 깨어남 속에서 과거 살아온 삶의 환상성을 보면서 본래의 마음에너지 그 자체로 존재하는 놀라운 경험을 하시게 될 것입니다. 그럴 때 실상세계가 열립니다. 이것을 진정한 깨달음이라고 합니다. 이것은 머리나 가슴으로 체험하는 게 아닙니다. 이것은 전 존재로서 즉, 모든 의식과 세포 하나하나들이 다 각성되고 깨어남으로써 그대란 인식의 영역이 과거의 존재 차원을 그대로 다 인식하면서 동시에 다 초월하는 것입니다. 이를 의식의 확장이라고도 할 수 있습니다.

공부한다는
상을 갖지 말라

깨달음이란 순수하게 본래마음자리와 계합하고 그것으로 존재하는 것입니다. 우리의 본질이 본래마음이니, 그냥 마음 그 자체로 존재하는 것에 익숙해지는 것이 바로 보림이고 그래서 인간이라든지 중생이라든지 하는 과거의 존재방식으로부터조차 자유를 얻는 것입니다. 그런데 오래 가부좌를 하고 앉아있다든지 명상을 밤새워 길게 했다든지 하는 것을 가지고 수행과 공부의 깊이라고 착각하는 분들이 있어 이 글을 쓰는 것입니다.

삼매가 사실 깨달음 그 자체인 것은 아닙니다. 불교에서 사선정이니, 구차제정(九次制定)이니, 해인삼매니 하여 삼매의 중요성을 강조

당신도 쉽게 깨달을 수 있다

하니까 사람들은 삼매가 곧 깨달음인 줄로만 압니다. 하지만 육조혜능 선사의 선례에서도 보듯이 오랜 시간 가부좌나 명상을 하지 않아도 얼마든지 한순간에 마음자리를 깨달을 수가 있는 것입니다.

그렇다면 삼매나 비파사나(마음챙김)란 대체 무엇일까요?

삼매란 비유하자면 높은 산 정상에 오를 때 우리가 누리는 멋진 경치나 맑은 공기 같은 것입니다. 또한 비파사나는 아무리 숨차도 계속하여 한 걸음 한 걸음씩 오르는 그 지속력(정진력) 같은 것이라 할 수 있습니다. 그래서 이 두 가지는 산 정상에 오를 때 반드시 수반되는 현상이기는 하나 그것이 곧 깨달음인 것은 아닌 것입니다.

산 정상에 드디어 올랐을 때 우리는 더 이상 삼매나 비파사나를 필요로 하진 않습니다. 산 정상에 우뚝 서있다는 그것은 다만 그것일 뿐이지 반드시 어떤 경치를 어떻게 보아야 하고, 어떤 맑은 공기를 얼마만큼 마셔야 하며, 쉼 없이 계속하여 발걸음은 어느 쪽으로 걸어 올라야 한다는 것들은 산 정상에선 더 이상 필요한 것들이 아닙니다.

깨달으면 그가 곧 마음자리 그 자체가 되므로 과거 실재한다고 믿고 살아온 나(본인)라는 것이 허상임을 알게 됩니다. 그리고 깨달음의 그 자리는 굳이 말한다면 그대로 100% 삼매 상태이자 동시에

100% 비파사나 상태이기도 함을 알게 됩니다. 왜냐하면 비유하건 대 산 정상에 서면 우리는 자동적으로 멋진 경치를 보며 맑은 공기를 누리고 또 여태까지 걸어 올라온 다리의 피로감이나 운동현상을 잘 느끼기 때문이지요.

하지만 맑은 공기나 멋진 경치가 곧 산 정상(깨달음)인 것은 아니며 지속적인 걸어 올라감의 발걸음(마음챙김)이 곧 산 정상인 것도 아니지 않겠습니까. 이는 다시 말하자면 삼매나 비파사나(마음챙김)가 깨달음의 부수 현상이긴 해도 그것이 곧 깨달음 그 자체는 아니란 말이 되는 것입니다. 비유하건대 부산으로 가는 비행기나 기차가 곧 부산은 아니란 말씀입니다.

그런데도 이를 혼동하여 가부좌하고 눈 깔고 내리앉아 오래 있는 것이 공부하는 것인 줄로만 아는 사람들이 많습니다. 이는 사실은 마음이 주는 평안함이나 고요함이란 내용물의 체험을 원하는 것이며, 이 자체가 곧 마음자리를 자각하거나 마음자리에 계합하여 본래적 상태로 존재하는 것은 아닙니다. 마찬가지로 마음을 챙기고 알아차리는 것은 마음이 주는 번뇌를 덜어주기는 해도 그것이 직접적으로 마음의 내용물을 벗어나게 해주는 것은 아닌 것입니다.

깨달음이란 마음이 마음 스스로를 한순간에 자각하면서 일어나는 사건입니다. 그것은 마음이 만든 마음의 내용물을 자기라고 여기다가 홀연히 한순간에 본래적인 마음현상 그 자체가 자신이었음을 힐끗 보는 것입니다. 이렇게 자기가 본래부터 이 마음자리 그 자체이자 그것이 일으킨 현상의 내용물이었음을 알 때, 바로 그 순간 우리는 과거 자기가 알던 그 나를 해체하면서 자기(나)로부터 해탈하고 벗어나게 되는 것입니다.

여기에 무슨 삼매를 누리며 유지하거나 지속적으로 마음을 알아챙기고 하는 놈은 더 이상 존재하지 않습니다. 마음자리는 본래부터 사실은 그러한 능력(삼매)과 기능(비파사나)을 스스로 가지고 있지만 그것이 곧 본래적 마음자리는 아니란 말씀입니다. 이것을 모르면 자칫 그런 것들이 주는 경지나 체험을 가지고 마음자리인 양 여기며 오래 수행하며 무언가를 쌓아올리며 허상을 진리라고 붙들게 됩니다. 그래서 참된 진짜 마음공부는 공부하지 않는 공부를 하는 것입니다.

무슨 말이냐 하면 내가 곧 마음 그 자체임을 자각하고 그 마음으로서 그냥 대자유스럽고 걸림 없이 살기 시작하는 것입니다. 그러면 내가 마음 그 자체로서 충실하게 존재하면 할수록 그에 합당한 삼매나 비파사나의 능력과 체험이 뒤따르게 됩니다. 이것은 공부하거나 수행하는 것이 아닙니다. 하지만 공부하거나 수행하는 것보다도 더 강한 삼매나 마음챙김의 능력이 자연스럽게 뒤따르게 되지요.

하지만 삼매나 비파사나를 수행함을 통해 깨달음을 이루고 유지하겠다는 것은 순서가 뒤바뀐 것이며 억지스러운 것입니다. 그래서 그런 수행을 그렇게 많이 해도 좀처럼 깨닫는 사람들이 나타나질 않는 것입니다. 그 이유는 부수적인 현상을 가지고 본질을 삼는 본말전도된 생각에서 벗어나오지 못하기 때문입니다.

모쪼록 공부하는 상을 갖지 마십시오. 그러면 이미 주체, 행위, 객체가 나누어져 버립니다. 그것보다는 마음과 마음이 만드는 내용물을 구분하고 즉각적으로 마음 그 자체가 되어야 합니다. 그리고 삶의 매 순간 속에서 항상 마음 그 자체로서 존재하기를 습관 들여야 합니다. 그렇게 살아가기 시작해보면 자연히 무상삼매가 우러나오며 자기 마음이 곧 마음챙김 그 자체(주시자)가 되어버립니다.

즉, 최고의 삼매는 곧 있는 이대로의 내 존재상태가 본래의 마음 그 자체가 살아 움직이는 것임을 늘 보고 느끼며 자각하는 무념무상 삼매인데, 이것이 곧 깨달은 본래마음의 자기 자각활동인 것입니다. 다시 말하지만 마음공부란 누가 무엇을 어떻게 닦고 수행하는 것이 아닙니다. 그러므로 그냥 자기가 본래마음임을 인정하고 수용하며 그것으로서 살기 시작하는 것이 중요합니다.

욕망이나 분노처럼 마음의 내용물이 일어나 자기를 구속하거나 끌고 가려 할 때 그 허망성과 환상성을 직시하여야 합니다. 육체에 부수되는 모든 현상을 다만 육체가 만들어낸 에너지의 활동 그뿐으로만 여겨야 합니다. 몸이 똥 마렵다고 마음조차 그러한 것은 아닙니다. 이처럼 삶의 매 순간에 몸에 끌려만 다니지 말고 충실하게 마음 그 자체로 살기 시작하는 것, 바로 이것보다 더 높고 수승한 공부법은 없습니다.

그러면 삶이 그대로 공부이지만 공부한다는 상이 없는 공부입니다.

이것을 공부하지 않는 공부라고 합니다. 즉, 공부하지 않는 공부란 따로 공부한다는 상을 내거나 갖지 않고 삶이 그대로 자연스럽게 장엄한 우주적 마음의 움직임이자 활동임을 깊이 느끼고 공감공명하는 것을 말합니다. 그리고 저희 피올라 마음학교에서는 바로 이것을 자연스럽게 습득하는 삶의 기법을 전하며 익숙해지도록 안내하고 있습니다.

인생이 바뀐
사람들

(1) 몸도 마음입니다

까치놀: 비행기 조종사

식스존, 헤븐존 수강 이후 많은 변화가 있었습니다.

과거의 마음으로 생활했을 때는 만나는 사람을 내가 만든 기준으로 평가하고 심판하듯이 대했습니다. 즉, 열린 가슴으로 대하지 못하였고 결국 비교하는 에너지 장에서 때로 상처를 주고 상처를 입는 갈등상황이 생겨 감정과 생각에 부정적인 영향을 받는 경우가 많았습니다.

그리고 어떤 일(특히 직장에서 받는 각종 평가)을 함에 있어서 결과를 걱정하고 불안해하여 자신을 괴롭혔는데, 마음에 깨어나고 나서는 더 이상 결과에 대해서 조바심내지 않게 되었습니다. 또한 주위 사람들, 자연환경, 동물 등에 대한 사랑과 자비의 마음의 크기와 밀도가 크게 확장·변화하고 또 계속적으로 성장하고 있습니다.

특이한 것은 과거엔 몸과 마음을 서로 대립하는 개념으로 생각했었는데 지금은 제 마음이 몸도 세상도 다 자기 안에 삼켜버렸습니다. 몸도 마음의 일종인 사실을 쉬이 확인할 수 있는 사례는 너무나 많습니다.

최고의 기량을 가진 선수가 정작 마음의 상태에 따라 중요한 경기에서 우승하기도 하고 초라한 성적으로 탈락하기도 하고, 쌍둥이라도 성장하면서 외모가 많이 다른 모습을 보이기도 하고, 긍정적이고 밝은 에너지 상태의 마음으로 몸에 생긴 병을 치유하기도 합니다. 이성과의 사랑에 빠진 사람의 몸은 활짝 핀 꽃처럼 아름다운 에너지를 발산합니다. 누군가를 만나면 그 사람의 얼굴을 포함한 몸에서 그 사람의 마음의 기록과 역사를 읽을 수 있고, 친분이 있는 사람의 얼굴 표정에서 우리는 그의 내적인 마음 상태를 파악할 수도 있습니다.

저는 과거에 깨달음은 아주 대단한 것이라고 생각했습니다. 하지만 깨우치고 나니 깨달음은 아주 쉽고도 쉬운 것이어서 웃음이 날 정도입니다. 내가 몸과 마음을 갖고 사는 게 아니라 마음이 나란 생각도 만들고 내 몸도 나라고 여기는 것임을 깨달았습니다. 이것이 가장 큰 착각인 듯합니다. 이제 저는 마음 그 자체가 되었습니다. 그래서 흔적도 없이 존재하지만 일체를 다 있게 하고 인식합니다.

이제는 모든 것에 내 마음이 있음을 보며 바로 나와 연결되어 있음을 느낍니다. 때로는 세상사를 대하면서 각각의 마음의 크기와 밀도, 성숙도 등이 다름도 봅니다. 하지만 그 차이 때문에 비교하고 무시하는 차별심을 만드는 것이 아니라 나의 본래마음(법신)을 보신과 화신으로 무한 확장하고 성장하는 결정을 하고 수행의 동기로 받아들입니다.

식스존 수업을 듣던 중 오신 선배 도반님이 아버님 얘기를 하면서 피올라 마음학교에서 공부한 덕분에 여러 번의 노력 끝에 사랑한다는 고백을 하셨다는 얘기를 하셨습니다. 저 역시도 부모님, 처 부모님께 사랑한다는 말씀을 직접 드린 적이 없다는 사실을 떠올리고 전화를 드렸습니다. 결정하고 나니 별로 어렵지 않게 전화로 "생각만 하고 한 번도 말씀 못 드렸습니다. 진심으로 사랑합니다!" 하고 말씀드렸습니다. 어른들이 조금은 어색해 하면서도 많이 좋아하시고 행복해 하셨습니다. 장모님은 펑펑 우셨다고 합니다.

사랑의 말 한마디가 얼마나 큰 힘이 있는지 새삼 느낀 경험이었습니다. 이렇듯 마음에서 결정하면 무엇이든지 창조하고 체험할 수 있음을 또 확인한 것입니다. 사람들은 행복하기 위해서 산다고들 많이 얘기하는데, 행복은 조금 전 가진 사랑보다 조금 더 크고 깊은 사랑만(특히 무조건의 사랑이면 더 좋습니다) 해도 저절로 따라오는 것을 똑똑한 사람들이 모르는 것이 안타깝기도 합니다. 여기에도 우주의 섭리가 있음을 봅니다. 마음을 찾으려 하면 찾을 수 없듯이 행복만을 추구해서는 행복은 오지 않는 것입니다. 이 얼마나 훌륭한 우주마음의 법칙인가! 하고 또 놀라게 됩니다.

이제 마음을 깨달아 근본 우주의 정신이자 마음 그 자체가 된 나는 완전한 신입니다!

마치 애벌레가 나비로 해탈하듯이 그렇게 인간의 육체를 빌어서 명재계의 모든 것을 체험하는 신의 씨앗입니다. "진리란, 내가 진리라고 인정하는 것이다"는 충격적이고 강력한 진실을 너무나 자연스럽게 말씀하셔서 처음에는 웃음이 나왔고 한동안은 '정말 그런가?' 하고 의심도 했으나 지금은 100% 아니, 1,000% 무한 확신하고 다이아몬드보다 빛나고 귀중한 말씀으로 새깁니다. 매일매일 한국뿐만 아니라 전 세계 곳곳에서 현재뿐만 아니라 모든 시간을 관통하여 있는 '그 진리의 법칙' 하에 살고 있는 세상사가 들리고 보이고 느끼고 체험되니까요. 바보천지가 아닌들 이 증거를 어찌 받아들이지 않겠습니까!

교장 선생님의 가르침은 '그냥 받아들이고 철저하게 되기!' 하면 되는 공부이자 수행의 친절한 매뉴얼입니다. 그런데 엉뚱하게 저를 죄 많고 한계 많은 인간이라고 고정관념에 빠져버릴 순 없습니다.

"나는 전지전능한 신이자 우주 한마음입니다!"

"깨닫는다는 것은 과거나 현재의 내가 무엇을 얻는 게 아니라 미래의 상위자아적인 나를 지금 여기에 앞당겨 결정하고 창조하는 것입니다!"

이 얼마나 자신의 성장을 위한 혁명적인 말씀인지요! 가슴에 와서 그대로 희열의 느낌으로 꽂힙니다.

깨닫기 전의 저는 명상을 할 때 어제를 되돌아보면서 미래의 비전을 세운 다음 그것을 실현하기 위해서 어제의 연장선상에서 그 궤도를 벗어나지 못한 채 반복해서 살았습니다. 그러니 큰 변화와 성장, 진보를 이루기 어려웠던 것을 깨닫습니다. 물론 한 단계에서 만족하고 머무르려 하지도 않았고, 죽을 때까지 배우고 성장하겠다고 다짐

하고 실천하였으나 적극적이고 진취적으로 내일의 나와 비교하여 더 성숙한 나를 오늘 당장 결정하고 창조할 줄은 몰랐습니다.

하지만 이제 자신 있게 선언하고 실천합니다. "나는 더 이상 과거의 나를 현재에 사는 존재방식이 아닌, 내가 내일 되고 싶은 최고 최선의 나를 지금 결정하고 창조하며 매 순간 존재한다."

그래서 오늘 아침엔 호텔 식당에서 함께 비행 온 객실승무원에게 직접 식탁 테이블에 가서 먼저 인사하고 따스한 마음을 전달해 보는 멋진 경험을 창조했습니다. 얼마나 멋진 아침이 그 순간 창조되던지요!

'미래의 나를 지금 여기에 앞당겨 결정하고 창조하는 것'은 최고 최선의 실천방식이자 성장과 거듭남의 지름길임을 느끼며 행복한 거듭남을 즐기게 됩니다.

또 하나 말하고 싶은 것은 제가 경험한 '절대 평화'입니다.

사실 비행 중 하늘에서 내려다보는 어느 곳이나 고요와 평화입니다. 서울, 뉴욕, 파리 등 대도시나 한적한 어느 시골, 만년설 덮인 알래스카, 몽골의 모래사막, 아름다운 알프스 산, 그랜드캐니언, 아마존 정글, 피지나 하와이 같은 섬, 태평양, 흑해, 지중해 등등 모든 구석구석이 밤낮에 관계없이 계절에 무관하게 그저 있음의 상태 '평화' 속에 존재하고 있습니다. 다른 표현이 필요치 않습니다. 하지만 정말 예전엔 이것을 보지도 못하고 느끼지도 못했습니다. 제 개체의 마음이 지은 어두움 속에만 빠져있었으니까요.

이 몸이 나이고 유한한 몸을 잘 먹이고 잘 입혀야 한다는 저급한 차원의 마음에서 잠시 벗어나면 욕망이 스르르 사라짐을 봅니다. 대신 평화, 행복감이 밀려옵니다. 불현듯 개체심에 중독되어 살았던 이유가 바로 '생존모드' 로 살았기 때문임을 깨닫습니다.

직업군인, 전투조종사로 교육받고 살았던 과거의 제게 생존은 특별한 가치였습니다. 전쟁이나 국가위기 상황에서 신속하게 출격하여 적기와 교전하거나 적지에 침투하여 폭격 임무를 수행하면서 살아남아야 하였으니까요. 격추되거나 임무 실패는 곧 죽음이며 국가의 안보에 큰 손실을 가져올 수도 있기 때문입니다. 합법적인 폭력의 사용자로 항상 생존의 위협에 노출된 일을 하면서 생존에, 임무 완수에 심하게 중독된 것이었습니다.

그랬던 제게 지금 엄청난 변화가 진행되고 있습니다. 아들이 열심히 스스로 공부하는데 특목고 진학을 두고 불안해하면 저는 이렇게 얘길 합니다. "너처럼 공부하는데 왜 결과를 걱정하느냐. 혹시 결과가 원하는 대로 나오지 않더라도 지금 공부한 네 실력은 그대로 남아서 너를 훨씬 멋진 또 다른 세계를 경험할 수 있게 해줄 것이다." 라고요. 매사에 아이들을 대하는 자세나 하는 얘기가 이렇듯 느긋하게 바뀌고 칭찬하고 격려하는 것으로 바뀌었습니다.

바로 신의 씨앗이자 상위자아가 제 안에서 싹트고 있음을 느끼고 그 에너지를 신의 방식으로 사용하게 되는 것입니다. 왜냐하면 항상 저를 둘러싼 '무원의 상태, 절대 평화상태'와 항상 공감공명하니까요. 저는 이제 완전한 마음으로서 이 마음속에 일어나고 다가오는 모든 체험들을 즐기며 영원을 살고 있습니다.

(2) 기적이 일어났습니다

여일: 대학교수

아침, 기상과 동시에 생수부터 마시고 정좌 후 잠시 명상을 한다.

그 다음 앉은 자세에서 귀, 목, 눈, 코, 머리 등 마사지를 하고 화장실로 간다. 화장실을 나와 건강식품 등을 챙겨먹고 스트레칭을 한다. 그 다음 서재로 들어가 컴퓨터를 켜고 급한 일부터 살핀다. 그 다음 세수를 하고 간단한 아침 식사를 한다. 하지만 이것은 다 내가 만든 이야기이다.

이것을 간단히 압축해보면 다음과 같다.

일어남 → 마심 → 명상 → 마사지 → 화장실 볼일 봄 → 먹음
→ 스트레칭 → 들어감 → 켬 → 살핌 → 세수 → 식사

그야말로 화살표같이 현재진행형으로만 움직이는 동사형의 마음 활동과 그의 느낌뿐이다.

중간 중간의 '나'라는 느낌, '육신'이라는 느낌은 생각이고, 이 생각 또한 전전심(轉轉心)에 불과하니 그 역시 마음 활동과 체험일 뿐이다. 즉, 모든 것은 마음의 마음에 대한 마음의 체험일 따름이니 그야말로 마음뿐이다. 마음이 마음을 만들어 마음 위에서 놀고 있다.

마음이 나타나도 그 자리는 마음자리, 마음이 깨어져도 그 자리는 마음자리, 어느 것 하나 마음놀이 아닌 게 없다. 이 확연한 자리에 누가 또 무엇을 깨닫는다는 말인가!

그리고 보니 '일체유심조'를 여태 관념으로만 알고 굴리고 있었다. 세상은 온통 내가 만든 분별일 뿐이니 이제야 진짜로 마음자리 그 자체에 툭 터지는 것이다.

어느 조사 어느 선지식이 입에 밥을 떠넣어 주듯 이토록 쉽고 일목요연하게 마음자리를 밝혀준 적이 있단 말인가! 참으로 기적 같은 일이 나에게 일어난 것이다.

(3) 마음을 깨달았습니다

수잔나 은: 미국 한의사, 재미교포

어젯밤 제3강 숙제를 하느라고 밤늦게까지 끙끙거리다가 잠이 들었습니다. 사실은 잘 이해도 안 되고 '정말 어렵네, 아이 모르겠다, 내 안의 주시자께서 알아서 끌고 가시겠지' 하면서요.

그리고 오랜만에 숙면을 했습니다. 오늘 아침에 일어나 요가를 하면서 몸을 움직이기 시작했는데 갑자기 내가 아닌 어떤 다른 존재가 내 몸을 움직이고 있다는 감이 들면서, 내가 알고 있었던 나는 없어져 버리고 참 말로 형용하기 어려운 미지의 그 무엇이 내 손가락도 발가락도 조종하고 있다는 생각이 들었습니다.

"이게 뭐지?" 하면서 봤더니 그 존재가 내 몸 안에, 그리고 내가 쉬고 있는 공기에, 내 눈이 가는 곳곳마다, 내 생각이 가는 곳마다 계시는 걸 보았습니다. 너무 믿을 수가 없어 창문을 열고 봤더니 멀리 보이는 산등선 안에 있는 모든 나무들이, 새들이, 내 안으로 쑥쑥 들어오더니 산을 집중해보면 내가 산이 되고, 나무를 보면 내가 순간적으로 그 나무가 되고, 밖에 세워둔 내 차를 보면 내가 차가 되고……. 일체가 다 이것의 일으킨 조화인 너무나 황홀한 경험을 했습니다.

제6부 파울라 마음학교로 인생이 바뀐 사람들

'이게 바로 모든 것이 하나라는 것이구나. 그 안에서 나는 어떻고 너는 어떻고, 이래야 하고 저래야 하고 그러면서 살았네! 정말 내 인생이, 이 세상이 꿈이구나!' 하고 확실하게 머리가 아닌 가슴에서 느꼈습니다.

잡생각만 넘어버리면 그분이 내 안에 이리 크게 항상 계신 것을 그 오랫동안 왜 몰랐을까요? 그렇게 오랫동안 책을 읽고 명상을 하고 그래도 안 보였던 분이 한잠 자고 났더니 나타나 주셨습니다. 너무나 감사하고 너무나 감격스러워 울지 않을 수가 없었습니다.

정말 감사합니다. 이리 쉬운 것을 그리 어렵게 찾으려고 멀리 오랫동안 헤매었습니다.

이게 바로 살아있는 마음이군요! 앞으로 얼마나 더 큰 경험을 해갈지 가슴이 뜁니다. 이렇게 쉽고 깊은 가르침은 세상 끝까지 알려져야 합니다.

아직도 가슴 벅찬 감동 속에서 감사의 글을 보냅니다.

Namaste!

미국에서 순자 드림

(4) 나는 깨어있는 마음입니다

평안: 캐나다교포

과제 중에 남편에 관한 얘기를 많이 하는 것 같아 죄송한데요.

제가 교제 범위가 넓지 않고, 가장 절실하고 복잡하게 마음이 얽혀있는 사람이 남편이라서 사례 연구(case study)로서도 확실하고 효과도 확실하게 나타나는 것 같습니다.

요즘 남편을 향해 사랑의 에너지를 보내고 사랑의 에너지가 되어 남편의 에너지와 하나가 된다는 상상을 계속 하다 보니 이제 마음이 그것을 실현해주고 있습니다.

놀랍게도 뭐든 즉시 처리해야 하는 성격의 남편이 많이 느긋해졌습니다.

물론 무슨 일이든 빨리 처리하는 것은 여전하지만, 급하게 서두르지 않고 기다릴 때에도 화를 내지 않습니다.

이제는 과거와 달리 둘이 같이 있을 때 늘 우리 사이에 있던 긴장감이 없이 그냥 편안하게 말하고 행동하며, 마치 혼자 있을 때처럼 편안합니다.

사이가 좋아지니까 뭐든 같이 하자고 하고, 어디든 같이 가자고

»» 177 ««
제6부 피올라 마음학교로 인생이 바뀐 사람들

해서 저 혼자 있을 시간이 없는 게 새로운 문제라고나 할까요?

그런데 '나 혼자 있을 시간이 필요해'라고 강하게 생각하면 신기하게도 남편이 골프를 나가거나, 몇 시간씩 외출을 하며 제게 혼자 있을 시간을 만들어 줍니다.

그런데 정말 큰 변화는 남편을 볼 때 내 마음에 아무것도 일어나지 않는다는 사실입니다.

긴장감도, 조심하는 마음도 없이 그냥 편안히 무심하게 잘 대하고 있습니다.

마치 바람에 흔들려주는 나뭇잎과 같다고나 할까요?

좋아하면 함께 좋아해주고, 싫다면 아무 생각 없이 '싫으면 하지 마', '싫으면 먹지 마' 할 뿐이지 그 말 뒤에 숨어있던 온갖 복잡한 마음과 해석분별들이 자취도 없이 사라졌습니다.

남편에게 원하는 것도 바라는 것도 없는 그냥 무심한 마음입니다.

늘 남편이 변하기를 바라고, 이렇게 하기를 바라고, 저것은 안 하기를 바라던 그 마음이 다 어디로 간 것일까, 찾아도 찾을 수가 없습니다.

오히려 왜 과거엔 습관적으로 그런 마음을 품고 있었는지 이상할 지경입니다.

지금은 왜 원하는 것도, 바라는 것도 없는 것일까?

내 마음을 들여다보니 남편을 향한 마음은 그저 한 가지 마음뿐입니다.

그냥 '이 사람이 행복했으면 좋겠다' 하는 마음.

정말로 신기한 일입니다.

제게는 굉장한 변화요, 발전이요, 깨달음의 증거입니다.

그동안 신앙생활, 명상, 마음수련 등을 통해 내 모습, 내 상처 등을 치유하고 내면의 변화를 조금씩 맛볼 때에도 남편과의 관계는 근본적으로 변하지 않았습니다.

워낙 성격적으로 차이가 커서 서로 열심히 노력해도 불편한 관계를 벗어날 수가 없었습니다.

둘 다 성실하기 때문에 최선을 다해 인내하고 있는 상황이었던 것이었지요.

진리, 참나 이런 공부가 되면 이런 관계가 어떻게 변하는 것인지 참 궁금했었습니다.

처음엔 의식이 커지면 마음에 힘이 생겨 인내하기가 쉬워지거나, 의식이 커지면 웬만한 일이 사소해 보이기 때문에 쉽게 넘어갈 수 있겠구나 하는 정도의 짐작밖에는 할 수가 없었습니다.

지금처럼 내가 스스로 만들고 쌓아올렸던 나의 정체성, 바로 그 마음에서 빠져나오는 것이 해결책이라고는 상상도 못 했습니다.

지금 제게는 남편을 향한 제 마음이 매 순간 사랑과 창조력으로 살아 숨 쉬고 있음을 느낍니다.

그래서 제가 어디로 튈지를 모릅니다.

매 순간의 삶이 살아 숨 쉬고 있는 우주 같아서 너무나 기대가 되고 재미있습니다.

이것이 바로 나는 마음이다라는 가장 강력한 증거입니다.

나는 깨어있으면서 동시에 살아 숨 쉬는 생생한 마음 그 자체가 되었습니다.

(5) 창조주의 삶을 삽니다

이백: 학원 강사

마스터과정을 통해 새롭게 터득하거나 느낀 차원 높은 쾌락이나 행복은 첫째, 기쁨을 꺼내 쓸 수 있는 능력이 생겼다는 것입니다.

아직 완전히 숙달된 것은 아니지만 아주 곤란한 일을 당하거나 어려운 일을 당할 때 잠시 눈을 감고 기쁨을 꺼내 봅니다.

학교에서 배운 대로 벌써 6개월이 넘게 하루 한 시간씩 계속하고 있습니다.

달라진 점은 얼굴 근육 자체가 변했습니다.

웃음의 얼굴로 바뀌어 버렸습니다. 뇌가 움직이는 패러다임도 변한 것 같습니다.

자꾸 유쾌한 마음을 꺼내 쓰니까 그런 감정이 쉽게 만들어집니다.

자꾸 눈을 감고 그냥 아무 이유 없이 기분 좋은 상태로 잘 빠져 들어갑니다.

기쁨은 더 큰 기쁨을 낳고 그보다 더 큰 기쁨이 또한 옵니다.

제가 느낀 최고의 기쁨 상태는 더할 수 없는 최상의 기쁨 속에 온전히 취하는 겁니다.

7월 중순쯤 되는 어느 날 퇴근 후 우리 아파트 문 앞에서 갑자기 기쁨이 쏟아졌습니다.

그리고 그 자리에서 20여 분을 꼼짝하지 않고 서 있었습니다.

눈을 감고 그 큰 기쁨을 느끼면서 집으로 들어왔습니다.

어머니와 아내가 모두 내가 술에 취한 줄 압니다.

진정 기쁨으로 취할 수 있다는 것을 그때 처음 알았습니다.

둘째, 가슴이 터질 듯한 무한 하늘을 상상하는 습관이 생겼습니다.

하루에도 몇 번씩 하늘을 쳐다봅니다.

하지만 이것은 하늘이란 상을 바라다보는 게 아니라 나 자신을 보

제6부 피올라 마음학교로 인생이 바뀐 사람들

는 것입니다.

그리고 가슴속에 무한한 아니, 무한 이상의 그 무엇을 느낍니다.

도저히 무한이라고 부를 수도 없는 그 탁 트임!

나라는 생각도 육체도 다 사라지고 무한한 하늘만이 아니, 오로지 무한한 충만함만이 남습니다.

창천(蒼天)!

그것은 맑은 물이 금방이라도 뚝뚝 떨어질 것 같은 살아있는 무한 하늘입니다.

그때 내가 한정짓는 구속과 한계가 다 떨어져나가는 느낌입니다.

저 하늘만 느끼기 시작하면 존재의 중심이 나에게서 벗어나기 시작하고 좁고 좁은 내가 정한 한계에서 벗어나 그저 무한이라고 표현할 수밖에 없는 탁! 터지는 그 무한함.

최선이라는 말조차도 필요 없는, 최고의 그러나 담담한 삶!

구름에 달 지나가듯이 그냥 그렇게 빛나면서 흐르는 삶!

내가 이것이 되니 이거다 저거다 말이 필요 없게 되고 다만 무어라 말할 수 없는 미지의 암재계 그 속에서 저절로 솟아오르는 무한한 감동과 절정체험이 매 순간 나를 표현하며 살고 있습니다.

(6) 우주가 내안으로 들어왔습니다

나그네: 대학교수

해석분별없이 무심한 마음에서 나오는 행위.

그것은 바로 본래마음 그 자체인 살아있는 우주의 움직임입니다.

나라는 생각 없이 자연스레 느낌으로만 추는 춤은 진짜 우주의 춤입니다.

나는 본래마음이요 살아있는 우주이니, 스스로 우주가 되어 우주로서 나를 살고 있습니다.

아, 명쾌합니다.

'나는 우주'라고 뇌리에 입력시키고 있던 개념 딱지를 탁 퉁겨 털어버리고 맨 처음 등교하던 날, 교복 단추를 단단히 잠가주시던 어머님의 손길처럼 온갖 개념 속의 깨달음들을 한 방에 다 털어주시고 실재의 참모습을 우뚝 드러나게 하시어 어쩌면 이렇게 한 치의 오차도 없는 우주 몸을 입혀주시는지요!

알고 보니 이 몸뚱이 이대로가 우주입니다. 우주의 몸짓입니다. 우주의 춤사위입니다.

덩실덩실, 너풀너풀

한밤에 전구를 끈 채 어둠 속에서 춤을 추니 더욱 제격입니다.

개체마음이 아니라 본래마음 그 자체인 참우주와 계합된 '우주 나' 입니다.

우주는 아득한 태초부터 먼먼 조상님들의 사랑을 통해, 조부모와 부모님이란 사랑에너지를 통해 미리부터 이러한 몸짓을 나타내고 싶었던 것입니다.

이게 바로 그 움직임입니다. 우주 사랑의 움직임!

아, 우주가, 우주 눈물을 글썽이며 우주 춤을 추고 있습니다.

우주가 나요, 내가 우주에너지입니다.

내가 춤을 추니 어둠도 추고 소파도 추고 삼라만상이 덩달아 온 우주가 함께 춤을 춥니다.

하나하나 모두 우주가 피워낸 꽃송이들입니다.

아! 고금동서 어느 조사, 어느 선지식이 이토록 살아있는 우주마음을 산 채로 살짝 옮겨다 이 가슴에 싱싱하게 심어줄 줄 알았나요?

막힌 가슴이 활짝 열리고 컴컴하던 심안이 번쩍 뜨이는군요.

감사합니다. 감사합니다.

이제는 아무런 두려움이나 조건 없이 애지중지하던 몸뚱이를 허공에 내어 맡깁니다. 아무 생각 없이 그냥 몸과 마음을 툭 던져내어 맡깁니다. 어린 시절 어머님 품속으로 몸을 던지듯, 한없는 신뢰감을 가지고 아무런 두려움 없이 고단한 심신을 던집니다(마음이 고요하여 잡념이 없으면 금방 실행됩니다). 몸 전체가 마치 진공상태의 우주 유영처럼 허공에 둥둥 떠다니는 느낌입니다.

맑은 의식으로 관찰합니다. 허공은 텅 빈 게 아니라 살아 움직이는 에너지의 흐름입니다. 시작도 끝도 없고 위아래나 안팎도 없이 무한히 흐르고 있으므로 떨어지거나 넘어지거나 다칠 염려도 없습니다. 한 가닥 가느다란 생각조차 없이 그냥 몸과 마음을 내맡기고 있으니 편안하고 아늑하기 그지없습니다.

맑은 의식의 눈으로 더욱 집중하여 관찰합니다. 잠시도 쉬지 않고 흐르는 허공 에너지가 세포와 골간 구조 사이로 스며듭니다. 나라고 고집했던 몸속 구석구석 빈틈없이 들어찹니다. 여러 가지 원소의 합성체인 육신은 해체되고 감각이나 지각기능도 허물어집니다. 허물어진 육신과 감각기관은 희미한 자취만 남긴 채 모두 허공 속으로 흡수됩니다. 어디로 분산되어 새어 나갈 곳이 따로 없습니다. 하지만 근본의식은 사라지지 않고 오히려 더욱 충만하고 또렷해집니다. 온 허공이 바로 의식입니다!

아, 평화롭습니다! 아늑합니다! 행복합니다!

아, 가슴 벅찬 충만감이여!

화신불이 보신불을 의지하여 법신불 안에 스스로 나타나 있습니다.

이게 바로 공부하지 않는 공부, 수행하지 않는 수행이로군요.

이게 바로 우주로서 거듭난 상위자아임을 자각합니다!

이게 바로 내가 나를 사는 게 아니라 우주 한마음이 내가 되어 새로운 나를 사는 것이로군요.

갑자기 왁자지껄한 아이들 함성이 들립니다. 운동장에서 난 게 아니라 허공에서 났다 허공으로 사라집니다. 아니, 허공이 내고 허공이 거둬들인 것입니다.

아, 허공은 끊임없이 이 세상 모든 걸 만들어 내고, 가지고 놀고, 다시 제자리로 거두어들입니다. 산과 들, 나와 너, 바람과 구름, 헤아릴 수 없이 많은 천체들까지…….

이 얼마나 위대하고 경이로운 창조놀이입니까!

조금 전 사라진 내 육신이 다시 불쑥 나타납니다. 하지만 이건 과거 식스존의 내가 아닙니다. 살아있는 허공이, 담대하고 강인하고 무한한 상위자아가, 내 속으로 들어와 '나를 사는 나' 입니다. 허공이 바로 나이고 내가 바로 허공입니다. 허공은 이 세상 삼라만상 어디에든 조밀하고 빈틈없이 가득가득 들어차 있습니다. 바로 암재계 자체이지요.

모든 사물은 허공에서 생겨나서 허공에서 존재하다가 허공으로 돌아갑니다. 탄생, 탄생, 탄생, 그리고 소멸, 이 섭리는 반복되지만 언제나 새로운 탄생이 나타납니다. 단 하나도 과거의 것이 다시 탄생하는 것은 없지요. 허공 속에 있다거나 허공의 표면에 드러나 있다는 것도 임시방편의 표현일 따름입니다. 허공은 좌우상하 안팎이 없는데 표면이나 속이 어디에 있겠습니까?

각양각색의 모습은 허공 자신의 창조놀이입니다. 허공이 바로 하나님이고 부처님이고 나의 근본의식입니다. 텅 빈 허공이란 식스존의 상상에 불과하지요.

이게 바로 허공이 무너지는 소리입니다.

마음은 정말 자유롭습니다. 공간과 시간도 간단하게 넘나듭니다.

달나라를 생각하면 어느새 달 표면에 가 있으니 공간 이동이 자유롭고, 신라시대를 생각하면 어느새 신라시대로 가 있으니 시간 이동이 자유롭습니다.

인색한 마음이나 협소한 생각을 가지면 바늘구멍보다 더 작아지고 마음을 크게 먹으면 태평양 바다보다도 넓고 우주를 삼키기도 합니다.

슬픈 느낌을 가지면 금방 슬퍼지고 기쁜 생각을 하면 금방 즐거워집니다. 무슨 일이든 어렵다고 여기면 아주 어려워지고 쉽다고 생각하면 또 금방 쉬워집니다.

마음의 속성이 본래 이렇게 자유롭기 때문에 스스로 깨달았다고 생각하면 깨달은 자가 되고, 아직도 무엇을 구해야 한다고 생각하면 구해야 할 그 무엇에 구속되어 공이나 허무의 바다에 빠지게 되어 있는 것입니다.

그래서 교장 선생님께선 마음을 두고 '살아 움직이는 무한가능성'이라고 이름 붙이시고 언제 어느 때건 무진장으로 행복을 꺼내 쓸 수 있는 보고라고 말씀하신 것이지요.

'무심한 마음상태'란 생각이나 해석분별에 얽매이지 않은 상태를 말합니다.

어떤 생각이 일어나면 그 생각을 바라보고, 해석분별이 일어나면 그 해석분별을 주시하는 것이지요. 또 어떤 행위가 나타나거나 소리가 들리면 그 행위나 소리를 '그냥 그럴 뿐'으로 바라보거나 그냥 청각기관을 통해 들을 뿐 해석분별을 않으면 되는 것입니다.

이렇게 하여 일단 '무심한 상태'에 이르면 명료한 의식을 통해 마음의 움직임을 관찰할 수 있고, 그 결과 일체 모든 것이 마음에너지의 움직임임을 자각하게 되는 것입니다.

이 자각하는 것이 바로 주시자, 대주시자이며 그것이 신이자 근본마음이며 바로 나이기도 합니다.

마스터공부는 과거 저 스스로 깨달았다고 자부했던 저의 아상을 한 방에 다 무너뜨려 주셨습니다. 알고 보니 제가 알던 그런 공이니 무아니 하던 것들이 다 제가 만들어 가진 관념이나 상념에 불과했었습니다. 오랜 세월 여기저기 수많은 곳을 다 다녀봤지만 깨달음을 이렇게 일목요연하게 정확하게 가르쳐 줄 수 있는 곳은 오직 이 마음학교뿐입니다.

진심으로 감사합니다.

(7) 삼위일체의 나로서 거듭났습니다

계명: 광고인

제가 마음공부를 처음 접한 것은 모 수행단체의 버리고 죽이는 공부였습니다.

살아오면서 쌓아온 개체심의 독성을 버리는 데는 효과가 있었지만 그러다 보니 습관처럼 죽이고 버리는 것을 마음의 모든 안락과 위안으로 삼게 되었습니다.

그 방법이 가져다주는 안락함과 자유로움이라는 일시적인 효과에 중독되어 모든 형상과 현상을 습관적으로 죽이고 버려야 삶이 편안했습니다. 그러다 보니 결국은 허무와 공에 빠져 세상사 모든 일들이 의미 없는 일로만 보였습니다. 그리고 내가 우주라고 이름 붙인 허공만 붙들고 있었지요.

이런 수행은 결과적으론 잠재의식을 바꾸는 것이 아니라 공이라고 하는 또 다른 잠재의식을 만든 꼴이 되었습니다. 세상과 모든 사람들을 환영으로 여겨 잠재의식의 마음속에서 나 자신까지도 환영으로 보게 하였습니다. 그 결과 공허하고 무의미한 기분은 나를 우울함에 빠지게 만들었습니다.

피올라 마음학교에 와서 이런 색즉시공법에서 벗어나 오히려 공즉시색법을 적극 활용하는 법 즉, 내 마음이 나를 무엇으로 여기게 되면 그것으로 모든 것을 만들어내고 또 그 관점에서 세상을 보게 되는, 잠재의식의 이치를 배우기 전에는 이런 마음의 진실을 전혀 몰랐습니다. 나조차 만들어내는 이 마음의 무한 가능성은 생각조차 못 했습니다.

범아일여 등 나름대로의 체험을 하긴 했지만 존재의 근원에 대해서 꿈에도 알 수가 없었습니다. 이렇게 색즉시공만 알았지 공즉시색의 도리를 보지 못하는 수행으로 마음수련원 공부는 끝났습니다.

마음수련원 공부를 끝내고 그 이후, 자연스럽게 내면에 집중하는 공부를 하게 되었습니다. 마음수련원 공부로 얻게 된 나름의 효과와 마음을 지켜보고 자각하는 공부가 더해져서 의식이 많이 맑아지기는 했지만 혼란스러움은 여전히 줄어들지 않았습니다.

밝음과 어둠을 오락가락했지 마음 그 자체를 통각하지 못했습니다. 마음의 순도가 맑아져 일시적으로 마음자리를 보긴 했지만 그게 마음자리인줄도 몰랐고 또 일상이 주로 일반적인 의식활동의 차원에 머물고 있어 순수한 마음 그 자체로 깨어나지 못했음을 이번 마스터과정을 통해 자각하게 되었습니다.

특히 마스터과정은 마음의 순도와 밀도를 확실하게 익히게 하는 과정이 되었습니다. 자각집중력을 키우는 마음의 밀도가 충만해져야 마음 그 자체를 아는 것에서 나아가 본래마음 그 자체로 거듭난다는 것을 실감하게 되었습니다.

이제는 마음 스스로 충만해지는 힘, 마음 스스로를 자각하는 집중력, 마음의 밀도 자체가 나를 온전히 자각하게 해주는 힘입니다.

공으로 여기면 공으로 나타나고, 몸으로 보면 몸이 되며, 자신을 살아있는 생명으로 느끼면 또 그렇게 되는 것이 마음이었습니다. 마음이란 그냥 바로 이것입니다. 분리된 개체로 보면 모든 것이 분리된 채 보이고, 한마음으로 보면 일체가 서로 합쳐져서 본래 한마음임을 자각하는 마음 섭리와 힘이 경이롭기만 합니다.

개체와 전체를 나누고 전체만을 지향하는 수행, 생각으로는 일원성이라 여기고 있었지만 이것인가 저것인가 분별할 수밖에 없었던 이원성에 머무는 수행, 법보화가 한 통이라는 것을 머리로는 이해하면서도 실제 관점은 여전히 개체 하나에 머물러서 살아왔음을 이제야 확연히 인식합니다.

화신을 모르고 어떻게 보신을 자각할 것이며, 보신을 모르고 화신을 어떻게 이해할 수 있으며, 삼위일체를 모르고 지금 이 몸을 알 수 있겠습니까.

몸으로 존재하는 내가 없이 존재 그 자체, 마음 그 자체를 어찌 알 수 있겠습니까.

법보화가 하나로 존재하는 한마음의 오묘한 섭리와 힘.

법신이 보신을 내어 화신을 경험하는 것이 마음이 마음을 내어 마음 스스로를 경험하는 것임을 체험하고 또 자각합니다.

(8) 나는 본래 자유롭구나!

무한통로: 교육학박사

생사라는 심각한 문제 역시도 마음에 깨어나느냐 여부에 따라서 이렇게 한 방에 해결되는 것임을 알게 되니 하하! 생사의 심각한 문제도 결국은 선문답이었음을 알아차리게 됩니다.

정말 이 진리의 말씀이 엄청나고 경이롭습니다!

눈앞에 나타난 것들에 대해 이름, 기억, 생각, 느낌, 내가 만든 꼬리표들을 다 빼고 보니,

아, 알겠습니다!

일체가 다 살아 움직이는 마음입니다. 일체가 다 마음인 '나' 입니다!

그저 내가 몸이라고, 보이는 형상에만 관심을 두었을 때와 다르게,

눈에 보이는 모든 것에서 내가 만들어 붙인 명사와 형용사를 다 빼고 보니,

그것에 투여했던 상념에너지까지 다 빼고 보니,

정말로 일체가 다 살아 생동하는 마음 아닌 것이 없습니다.

이전에 알았다고 생각했던 나의 자각, 통찰들도 이미 다 연기처럼 사라져 버렸고,

지금 전혀 다른 차원의 더 깊고 새로운 자각과 통찰을 하게 됩니다.
아! 일체가 다 이렇게 살아서 생생하게 움직이는 이 마음입니다!

비유하신 것처럼, 물고기가 물속에서 물을 느끼지 못하고 열심히 물을 찾는 형상이었습니다.
그저 모든 것은 마음이 마음을 내어 다양한 마음 현상을 체험하는 것!
즉, 마음(법신불)이 마음(보신불)을 내어 다양한 마음(화신불) 현상을 체험하는 것입니다.
삼위일체의 깨달음이 이것이구나!
새롭습니다! 경이롭습니다!

이젠 더 이상 과거의 개체아인 나를 기억하고 그 나에 머무르고 집착하여 그 상념체를 계속 존속시킬 이유가 없습니다. 이미 그것은 흘러가는 생각, 감정, 상념체일 뿐입니다. 과거의 나는 이미 허상으로 판명 나서 연기처럼 사라져 버렸으며, 마음 그 자체인 나는 매 순간 새롭게 태어나고 또 창조와 체험을 즐기고 흘러갑니다.
매 순간 생멸하고 변화하는 것은 마음이 만든 내용물일 뿐 마음 그 자체인 진짜 나는, 이미 살고 죽음을 넘어서 있으며 그 생사마저도 꺼내 쓰며 창조체험하는 실재입니다.

나는 그저 무한한 가능성으로 살아있는 화살표입니다.

아, 자유롭습니다! 나는 영원한 현재진행형으로서 생사를 이미 초월해 영원히 살아있는 채 이 세상과 저 세상을 넘나들며 나타나 있는 경이로운 힘인 마음입니다!

(9) 진짜 우주를 만났습니다

무명: 한의사

전에는 모 수행단체에서 우주가 되는 수련을 많이 했습니다.

죽이고 버리고 폭파하고 지우고 녹이는 수많은 방법들을 수년간 열심히 한 결과 제 마음은 세상의 모든 것들을 다 삼키고 있는 거대한 공간(Space)이 되었습니다. 마음만 먹으면 그 어떤 대상과도 하나가 되는 범아일여도 잘 되었습니다. 하지만 거기까지였습니다. 저는 그게 도의 끝인 줄 알았습니다. 그리고 그게 참우주인 줄로만 알았습니다.

그러다가 여기 마음학교를 만나 그게 마음공부의 끝이 아니고 구차제정에서 말하는 공무변처정이나 식무변처정에 해당하는 하나의 마음상태임을 깨닫게 되었습니다. 마음학교에서는 우주조차도 마음이 만들어내는 피조물에 불과하다고 가르쳐주었는데 처음엔 그럴 수가 있겠나 했지만 이제는 우주란 것 자체가 마음이 만들고 마음 스스로가 인식하는 마음 자신이라는 것을 저 스스로가 너무도 명백하게 압니다.

옛날에는 무작정 큰 허공이 우주라고 상식적으로 생각했기에 우주라고 하면 당연히 무한허공(Space)이었습니다만 이제는 모든 삼라만상이 있는 그대로 다 우주 자체들임을 여실하게 보고 있습니다. 우주란 일즉다 다즉일의 오묘함 속에 살아있는 파동적인 섭리 같은 것이니까요.

또한 우주란 것도 하나의 개념이고 생각이 만든 이름일 뿐으로서 실제로는 마음이 만든 피조물이지 마음 그 자체는 아닌 것을 아는 데 무려 칠 년이란 세월이 걸렸습니다. 하지만 행복합니다. 왜냐하면 지금은 진짜 우주가 무엇인지를 알았으니까요. 진짜 우주란 무한한 허공(Space)이 아니고 있는 그대로의 모든 삼라만상(Universe)들이자 동시에 그를 표현하고 창조한 배후에 흐르는 숨겨진 섭리이자 그 질서(Cosmos) 자체인 이 마음임을 깨달았습니다.

마음은 이것(색)이자 동시에 저것(공)이며, 개체이자 동시에 전체인 것이라 일즉다 다즉일로 존재하는 형용하거나 경계 지을 수 없는 가장 근원적인 것입니다. 그러므로 마음이 곧 참우주이고 진짜 우주가 곧 마음입니다. 이 마음이 있고 나서 무한허공성의 물질우주도 인식되는 법이고 존재하는 법입니다. 삼라만상 일체를 만드는 그 배후의 보이지 않는 힘이 바로 마음인 것을 씨앗명상을 통해 이제야 깨달았습니다.

이렇게 심오한 3차원을 넘어선 초월적 존재방식으로 본래마음인 나를 깨어나게 해주신 학교와 선생님들에게 말로는 다 표현할 수 없는 저의 무한한 사랑과 힘을 바칩니다. 저는 이제 3차원에서 벗어났습니다.

마지막으로 저의 오도송을 지어 바칩니다.

누군가 말했던가?

바늘 하나 꽂을 자리도 없다고

하지만 나는 그에 한마디 덧붙이려네

바늘 꽂을 자리 하나 없지만

동시에 천지 삼라만상을 다 삼키고 있으면서도

작은 트림 한 번 없는 자리라고

만리장공에 꽃송이 휘날리는 바람이 불지만

불어오는 곳도 끝나는 곳도 없다네

하지만 나는 아무래도 좋아

있으면 있는가 보다 하고 놀아주고

없으면 없는가 보다 하고 쉴 뿐이기에

(10) 대단한 기적이 일어났습니다

여일: 전직교수

여러 해 전의 일입니다.

제 주변에 불교 공부를 하다 기독교로 개종한 사람이 있었습니다.

그 사람의 말인즉 붓다의 가르침은 파고들면 들수록 허무하기만 하더라, 그래서 개종했는데 하나님의 품에 모든 걸 맡기니 행복하다고 했습니다. 아마도 기존 불교수행법에 있어서 수행자들의 가장 큰 난관이 바로 허무의 바다 즉, 공의 바다를 건너지 못하는 문제가 아닌가 합니다.

저의 경우에도 유사한 체험이 있었습니다.

제행무상, 여기서 '행'이란 '현상', '물질'을 의미하니 눈앞의 모든 물질은 잠시도 머물지 않고 변화를 거듭한다 즉, 고정된 물질이란 없다는 현상계의 이치를 설파합니다.

제법무아, 여기서 '법'이란 '의식', '정신'을 의미하니 세상에서 '나'라고 여기는 모든 개체의식은 착각이며, 실제론 무아이므로 전체 아만 있을 뿐이라는 가르침입니다.

열반적정, 제행무상, 제법무아의 이치를 터득하고 집착을 버리면 마침내 고요하고 행복한 경지에 이르는 것이라 했습니다.

현상계의 모든 사물은 고체, 액체, 기체를 막론하고 그 본질은 소립자로 구성되어 있으며 항상 붕괴와 결합을 거듭하므로 고정적인 개체란 있을 수 없다는 이치는 현대인이라면 과학적 지식만으로도 터득할 수 있는 내용입니다. 전체의식 역시 조금만 철학적 사려가 있는 사람이라면 수긍이 되는 이치입니다. 그렇지만 이것을 이해하거나 터득한다고 해서 모든 집착이 끊어지고 마음이 가라앉습니까? 사실은 이런 이치를 이해한 단계부터가 새로운 시작이지요.

차라리 이걸 모르면 호박같이 둥근 세상 둥글둥글 살다가 〈인생은 나그네 길〉이란 대중가요나 부르며 세상을 하직하면 될 것입니다. 하지만 제행무상, 제법무아를 알았기 때문에 열반적정에 이르지 않을 수가 없는 것입니다. 그런데 무슨 뾰족한 방법이 없습니다. 그렇다고 모두가 사찰로 들어가 화두를 잡고 앉아있을 수가 없으며, 화두를 잡는다고 해결되는 일도 아닙니다. 수만 명을 헤아리는 승려들

중 깨달은 분이 몇이나 됩니까?

또 깨달았다고 해도 '열반적정'입니다. 모든 집착을 끊고 고요하고 행복에 겨운 상태에 머무는 것인데, 정말 제대로 크게 깨닫지 못하면 '고요하고 행복한 상태'라는 상을 만드는 데 그친다는 문제가 있습니다. 또 어떤 경우엔 마음속에 '고요하고 텅 빈 허공(우주)'을 만들어 놓고 그걸 유지하려고 무진 애를 쓴다는 것입니다. 대부분 사람들이 이 단계를 깨달은 상태로 오인한다는 것입니다. 하지만 '고요하고 평안하고 행복한 상태'란 늘 지속될 수가 없는 게 아닙니까.

수년 전에는 모 수련단체의 회원이 된 적이 있었습니다.

장애가 되는 육신이나 축적된 부정적 상념체를 상상을 통해 죽이고 버리는 방법이 핵심인데, 요구하는 목적을 매번 손쉽게 달성해버리니 의아해 하더군요. 끝내 혼자 수련하여 도달한 수준을 넘지 못했지만 그래도 무언가 있지 않을까 하여 계속 텅 빈 허공 상을 유지하고 있었는데, 나중에는 텅 빈 허공(이것을 그 단체에선 우주라고 여깁니다)에다 창시자를 접목시키려는 시도를 감지하고는 그만두지 않을 수 없었습니다.

결국 제가 본래마음 그 자체로 깨어나지 못한 것은 관념의 틀을 깨트리지 못한 데 있었습니다. 관념적으론 세상 모든 이치, 나의 본질을 깨달았는데 실제론 한마음 그 자체가 되지 못했습니다. 해오는 했지만 증오에 도달하지 못한 것은 도달하는 방법, 그 자체가 되는 방법을 몰랐기 때문입니다. 그래서 수행자에게는 반드시 스승이 필요하다는 말이 생긴 것 같습니다.

앞에서 기독교로 개종한 사람 이야기를 했습니다만 그 사람이 진정으로 하나님에게 자신의 모든 것을 바쳤을까요? 만약 자신의 모든 것, 생명뿐만 아니라 한 올의 생각조차 일어나지 않을 만큼 철저히, 깡그리 바쳤다면 틀림없이 행복할 것입니다. 그렇다면 그것은 이미 하나님과 합일한 것이니까요.

하지만 성인의 반열에 든 테레사 수녀나 김수환 추기경 같은 분도 그 자서전에서 하나님의 존재에 대해 항상 의문을 가졌다고 하더라고요. 그리고 다시 깊이 회개를 하곤 했다니 참 순수하고 솔직한 분들이지요. 이성을 가진 인간이라면 당연히 천재지변을 비롯한 온갖 부조리와 전지전능한 능력에 대한 괴리가 발생하겠지요.

그리고 '하나님과의 합일 상태'란 것도 일종의 '특정체험 유지'에 속한다면 그 상태가 계속 유지될 수 있을까요? 된다 해도 얼마나 힘들까요? 자유의지가 없지 않습니까?

그에 비해 스스로 마음이 되어 '마음 모으기, 마음 느끼기, 마음

펼치기'를 한다는 건 얼마나 간단하고 얼마나 자유롭습니까.

'줄탁동시'라는 말이 있지요.

제 경우만큼 이게 딱 들어맞는 말은 없을 것입니다.

인연이 없는데 어찌 선각자를 만날 수 있을까 하고 포기한 적도 있었습니다. 하지만 계속 진리를 갈망했고, 포기하지 않고 갈구한 결과 마침내 여기까지 온 것이라 봅니다.

제가 깨달음을 이루다니요, 정말로 대단한 기적이 저에게 일어났습니다.

(11) 정말 놀라운 공부입니다

바람: 재미교포

개체의 나는 매일 사라져 가고 있습니다.

점점 신의 게임(game)이 재미있어집니다. 새로 태어난 신으로서의 내가 아침부터 저녁까지 너무나 신의 놀음을 잘 해나갑니다. 모든 것이 나의 품 안에 있으며, 모든 것을 사랑하고 북돋아 주고, 마치 매 순간이 촉각 끝에서 만져지는 것처럼 신비스럽고 환희에 가득 차는 날이 있습니다. '나는 영생하는 마음이다'라는 주제를 순간마다 외우고 있다 보면 자연히 그 극진한 절정의 상태로 들어갑니다. 보드랍고 끈끈한 기가 온몸을 감싸주고, 아무것도 하지 않고 하늘만 쳐다보고 있어도 너무 기쁘고 살아있다는 것 자체가 감격스럽습니다.

나는 한마음의 정수이라는 사실이 이제는 확신이 듭니다.

잠시 지구에 놀러온 거니까 심각할 것도 힘들 것도 없으며, 마음을 가지고 이용하여 내가 원하는 것을 성취하되 어떤 내용물도 흘려보내는 버릇이 생겨가고 있습니다. 여기까지 오기가 쉽지는 않았고 아직도 개체의 에고(ego)가 가끔씩 이런저런 소리를 질러가며 자기를 버리지 말라고 들러붙을 때도 있습니다만, 분명히 나는 이제 3차원에서 있지 않고 신의 자리로 들어왔습니다. 이렇게 자유스럽고 평화스러울 수 있을지 상상도 못 했습니다.

이 세상 어디에서도 이런 식으로 인간들의 깊은 의식세계에 파묻혀 있는 신의 씨앗을 싹트게 하고 성장시켜주는 공부방식은 보지도 듣지도 못했습니다. 톨레(Tolle) 등 다른 영성가들이 부르짖는 수준과 이 공부는 비교가 안 됩니다. 그들의 주장이 '모든 사람은 하나님과 같은 존재가 될 가능성이 있다(Everyone has potential to become God-like being)'에 머무른다면 이 공부는 '살과 뼈로 사는 동안 신이 되는 방법(How to Become God while living in flesh and bones)' 입니다.

대단합니다.

교장 선생님 감사합니다. 교장 선생님이 독창적으로 만들어 놓으신 이 공부가 멀리 깊게 펼쳐져, 내가 깨어나고 네가 깨어나고 모두가 깨어날 수 있도록 나머지 인생 최대한 마음을 모으고 쓰겠습니다. 거시적인 대주시자의 눈으로 본다면 우리가 이 지구상에 살아가면서 진짜로 열심히 해야 할 중요한 일은 바로 이것 외엔 없습니다. 그동안 제가 세상 것들에 눈멀어 진짜로 중요한 것을 알지 못했습니다만 이제야 비로소 깨어났습니다.

(12) 제가 깨달았습니다

휴식: 직장인

수행길에 들어선 지 어언 20년 가까이 되어 갑니다. 처음 부처님의 법을 접하고 바로 이것이다 하는 생각에 무조건 법당을 찾아 경전을 읽고 절을 하고 참선수행을 시작했습니다. 그리고 스님들의 법문을 듣고 많은 불교 관련 서적을 읽었습니다. 그동안 여러 수행단체도 거쳤습니다. 그때 제가 추구하는 것은 부처의 위신력을 얻는 것이었습니다. 한없이 부족하다고 느껴지는 나를 수행을 통해 부처를 만들어야 한다고 생각했습니다. 그래서 그 위신력으로 주변 사람들보다 더 능력자가 되고 세상을 구하는 일을 하고 싶다고 생각했습니다.

하지만 '피올라'를 만나기 전까지 제 수행에 함정이 있다는 사실을 몰랐습니다. 먼저 과거의 나를 변화시켜 부처를 만들려고 노력했습니다. 제가 설정한 나는 늘 부족한 결핍의 나였습니다. 두려움, 고통, 감정 욕망에 허덕이는 나였습니다. 그리고 그 결핍의 나를 변화시켜 부처로 만들고자 노력했습니다. 하지만 제가 '나'라고 규정지은 몸 중심의 나는 제 마음이 만든 내용물이요, 허상이었습니다. 그리고 이것을 변화시켜 제가 생각하는 부처라는 또 다른 나를 만들고자 했습니다.

이제 돌이켜 보니 이는 도둑놈(부족한 나)을 내쫓기 위해 또 다른 도둑놈(부처라는 나)을 불러들인 꼴이었습니다. 도둑놈들이 싸워서 한 놈이 지면 또 다른 도둑놈이 주인 행세를 하는 꼴이었습니다. 즉, 수행과정을 통해 만들어가고자 한 것은 본마음자리가 만든 허상을 가지고 씨름하고 또 다른 허상을 만들고자 발버둥친 격이었습니다.

모든 형상을 만들어 가는 본마음자리는 항상 나와 함께 작용하고 있었습니다. 그동안 얻으려고만 했지 놓는 법을 몰랐습니다. 생각과 감정을 만들어 가는 그놈을 놓고 그것조차도 있게 하는 본마음자리로 돌아가서 새로운 존재방식을 익히면 된다는 사실을 모르고, 허상을 만들려고 헛발짓을 하고 그것이 수행인 줄 알았습니다.

이제 확연히 알았습니다. 이제는 보입니다. 제 마음이 만든 내용물인 에고가 장난치는 것이 보입니다. 그동안 속아서 살아온 날도 억울한데 이제 다시 속고 살아가는 어리석은 일은 없을 것입니다. 감사합니다. 교장 선생님!

비결은 공즉시색(空即是色)에 있습니다. 자기가 만든 에고를 변화시켜 부처로 만드는 일은 '기왓장을 갈아 거울을 만드는' 작업과도 같은 것입니다.

먼저 참나가 무엇인지, 참나는 어떻게 만날 수 있는지를 이해해야 합니다. 참나는 봄과 앎을 만들어내는 그 이전의 마음입니다. 내가 보고 있을 때 보고 있는 것을 보고 있는 또 다른 나가 있습니다. 즉, 경험하는 나를 바라보는 나가 있습니다. 이를 항상 자각하는 것이 견성입니다. 따라서 먼저 견성의 무엇인지 이해해야 할 필요가 있습니다. 알지 못하는 길을 갈 수가 없습니다. 견성이 무엇이고 그 본마음자리가 어떤 위신력을 가지고 어떻게 작용하는지를 알아야 합니다. 그 신묘한 힘을 깨우쳐 알아야 합니다.

머리로 이해하면 증상만이 될 수 있습니다. '안다병'에 걸릴 수 있습니다. 따라서 본마음자리의 작용을 자각해야 합니다. 식스존이 내가 아님을 인정할 때, 식스존의 작용에서 벗어날 때, 나는 참나인 바라보는 나의 자리로 회귀할 수 있습니다. 하지만 바라보는 나만이 마음의 전부인 것은 아니며, 바라보지 않아도 존재하거나 하지 않거나 상관없이 일체가 다 내가 짓는 마음의 작용인 만큼 이미 나는 마음입니다.

이를 확연히 알았으면 다음은 존재방식의 전환이 필요합니다. 즉, 식스존의 존재방식에서 본래마음자리 중심의 존재방식으로 전환이 필요합니다. 이때 필요한 것이 실상을 정확하게 자각하는 것입니다. 식스존적 존재방식이 가져다주는 결과가 무엇인지, 이 세상의 식스존적 삶이 하나의 게임이요, 본래마음의 아바타가 잠시 연극무대에서 주어진 역할을 하고 있음을 자각해야 합니다. 그렇게 되면 서서히 식스존적 삶에 흥미를 잃어버립니다.

이러한 과정에서 중요한 것이 결정입니다. 더 이상 허망한 아바타의 놀이에 정신이 팔려 헛발짓하고 살지 않겠다는 굳은 내적인 결정과 선언이 필요합니다. 그리고 참나의 마음자리에 머물면서 그로부터 오는 환희심, 그 삶에서 오는 참된 행복감을 맛보아야 합니다. 이를 초견성이라고 할 수 있습니다.

이제 남은 작업은 꺼내 쓰는 것입니다. 참나의 자리의 속성은 자비희사의 무량한 공덕심입니다. 이제 신묘한 마음자리에서 역사하는 그 힘으로 세상을 활보하면 됩니다. 나는 내가 나라고 결정하면 그렇게 되는, 참으로 오묘한 것이 마음입니다. 서울 쪽으로 가는 톨게이트에 들어서면 그때부터 달리면 됩니다. 잠시 휴게소에 들를 수도 있고 졸음이 올 수도 있지만 그대로 달리면 됩니다. 그러면 휘황찬란한 서울에 도착할 수 있습니다.

일체유심조! 안이비설신의가 만들어 가는 모든 세상의 토대는 바로 참나인 본마음자리라는 메시지입니다. 따라서 모든 세상사의 근본은 참나를 토대로 벌어지는 만화경과 같은 것입니다. 그러니 어떻게 수행을 할 것인가 하는 것이 중요한 것이 아니라 누구(본마음자리)를 중심으로 살아가느냐 하는 것이 중요합니다. 본마음자리가 나를 살도록 존재방식을 바꾸면 그 신령한 힘으로 세상에 그 무진장한 공덕을 펼칠 수 있게 됩니다. 본마음자리에 자신을 그냥 맡기고 있는 그대로 행하면 됩니다. 그러면 저절로 깨달음이 꽃피어나게 됩니다. 저는 이렇게 놀라운 과정을 거쳐 깨달음을 얻었습니다.

당신도 쉽게 깨달을 수 있다